公孫龍子外傳

關慕中——著

火不熱　冰不寒　雞三腳　白狗黑

一部描寫白馬哲人一生事蹟的思想史小說

Family Sky 天空數位圖書出版

目錄

引子

一個被貼上「詭辯家」標籤的辯士！

一個心細如髮的觀察家！

一個疾呼「偃兵」的仁者、勇士！

一個遭人排擠、抑鬱以終的客卿！

他是誰？

他不是別人！

他正是高唱「白馬非馬」的戰國哲學家公孫龍先生！

第一章

語驚世俗號怪童

1・街頭父子

「好漂亮的白馬！爹，等孩兒長大之後，您也給孩兒買匹白馬騎騎，好不好？」

「好！好！好！等你長大了再說吧！」

在趙國國都邯鄲大街上高聲講話的這對父子，兒子姓公孫名龍，字子秉，今年才剛滿三歲，他的頭頂兩側留著形狀像角的幼童髮辮。父親則叫做公孫虎，字子承，今年二十二歲，體型魁梧，以砍柴為生，家境並不富裕。

當公孫虎聽到三歲兒子的要求時，心裡頭頓時百感交集，但為了不忍心讓小孩子的美夢破碎，只得隨口先敷衍幾句。因為，他心裡明白：白馬是王公貴族的專屬馬匹，一般百姓是不能任意騎乘的。就算等公孫龍長大了，他也無法滿足這樣的奢求。

看著公孫龍興高采烈的模樣，公孫虎禁不住又加了一句善意的謊言：「龍兒！等你長大後，爹買兩匹白馬，一匹你騎著，一匹爹騎著，好不好？」

「太好了！謝謝爹！」公孫龍眉開眼笑地望著公孫虎說道。

其實，白馬的地位在春秋時代就已經高高在上，屹立不搖了。白馬象徵著純潔與吉祥，因此在祭祀神明時，白馬、白羊等純白色的祭品，都成了上上之選。除祭祀之外，君王或諸侯在神前結盟時，還必須殺白馬，把白馬的鮮血塗在唇邊，以顯示忠誠之心。春秋時代的這種習俗，到了戰國時代依然未曾改變。

春秋戰國人士更相信，如果出現白虎、白狼或白麟這些白獸的話，就代表國家禎祥，國運要昌隆了。更奇的是，戰國君王最嚮往的蓬萊、方丈與瀛洲三座神山上的飛禽走獸，據說也都是純白色的。

公孫龍誕生的時代，正是「七雄」爭霸的戰國末期。年幼的趙武靈王剛剛即位，還未開始施行「改穿胡服騎馬射箭」的新政策，因此戰爭型態仍然以「兵車」為主，也就是說，一輛上戰場的兵車，需要四匹戰馬來拉著行走。所謂「萬乘之國」，就表示那個國家擁有一萬輛兵車，四萬匹戰馬和大約六、七十萬以上步行的士兵。

趙國與秦國一樣，也是個「萬乘之國」的大國，全國飼養的馬匹至少在四萬匹以上。在數以萬計的馬匹當中，白馬卻不到四百匹，與黑馬、黃馬的數量相比，簡直微不足道。然而，「物以稀為貴」，正因為白馬數量極少，在人們的心目中又是如此的高貴，因此，王室捨不得將白馬充當戰馬，便將白馬專門留給王公貴族使用。而王公貴族也時常駕著白馬華車招搖過市，藉以炫耀他們的尊貴地位。因此，在邯鄲城內看到白馬的機會很大，白馬會成為人們茶餘飯後聊天的話題，也是順理成章的事情。

只有三歲大的公孫龍，他哪裡懂得大人世界的這些複雜事情，他腦子裡最渴望的就是，能早日騎著一匹高大華貴的白馬，在大街上閒逛，藉以引起眾人的側目與羨慕。而他更不曉得的是，在他出生的前後，正是孟子帶領弟子周遊列國，苦勸國君停止征伐的時候；也正是齊宣王在首都臨淄稷門地區的學宮，供養著一大群學者整日自由辯論，促使百家爭鳴的黃金時代。

2・雞有三腳

第一次見到高大華貴的白馬，在公孫龍的心湖裡激起了很大的波瀾。當天晚上，他連做夢都夢到自己騎著小白馬在大街上行走，後面則跟著一大群歡呼的小孩。自此以後，他總是吵著要父親公孫虎再帶他上街去看白馬。公孫虎沒法子，只好一有空閒就帶著他上街閒逛。而公孫龍每次見到白馬，臉上都會流露出羨慕與驚喜的表情。

隨著年齡的增長，公孫龍對周遭的世界越來越感興趣。無論是何種動物，他都會仔細觀察牠們之間的異同。六歲時，他就發現，牛跟羊頭上都長了角，而馬的頭上卻沒有長角，這是牛羊跟馬不一樣的地方。可是，牠們同樣都有四隻腳，這又是一樣的地方。既然牛跟羊頭上都長了角，那，為什麼牛要叫做「牛」，卻不可以叫做「羊」呢？

等到他再仔細觀察雞、鴨、鵝這些家禽之後，他心中又有了一團疑問：為什麼牛、羊、馬是四隻腳，而雞、鴨、鵝卻只有兩隻腳？雞、鴨、鵝難道就不能有四隻或三隻腳嗎？如果一隻雞有三隻腳時，還能叫牠「雞」嗎？這些問題一直困擾著他幼小的心靈。

有一天上午，公孫龍跟鄰居的一群小孩正在玩耍時，忽然有個姓周名叫瑞的小孩低聲對大家說：「噓！我告訴大家一個秘密！」

「什麼秘密？」大夥都張大了眼睛問道。

「我們家的母雞前幾天孵出了一隻三隻腳的小雞！我娘說三隻腳的雞不吉祥，準備把牠丟到河裏頭淹死牠！」周瑞依舊壓低嗓門說道。

「誰說三隻腳的雞就不吉祥？你娘不敢養，不如送給我來養好了！千萬不要淹死牠！」公孫龍聽了之後，隨即大聲對周瑞說道。

「好！既然你敢養牠，不怕牠不吉祥！那我馬上回去告訴我娘！請她把這隻小雞送給你養好了！」周瑞也大聲說道。

「好！我在這等你！可不許賴皮喔！誰賴皮誰就是小狗！」公孫龍昂首揚眉說道。

「你等著！我馬上就來！」周瑞用右手指著公孫龍的身子說道。

等周瑞走後，公孫龍心中暗想：「周瑞他娘會不會答應把三隻腳的小雞送給我養呢？萬一她不答應，把小雞丟到河裏頭淹死，那該怎麼辦？我看！還是我跑一趟周家，親自向她哀求吧！再晚就來不及了！」

正當公孫龍轉身要往周家走去時，周瑞忽然雙手捧著一隻羽毛雪白的小雞跑了過來。

「公孫龍！我娘說這隻小雞就送你飼養好了！將來如果發生什麼不吉祥的事情，可千萬別怪在我娘頭上啊！」周瑞再三叮囑公孫龍。

「放心好了！不會有什麼不吉祥的事情發生的！替我謝謝你娘一聲！」公孫龍高興萬分，邊說邊從周瑞的手上把小雞捧到自己的手上。

「咦？這隻小雞真的有三隻小腳呢！」

「三隻腳要怎麼走路呢？」

「這隻小雞是公雞還是母雞？如果是母雞的話，將來孵出的小雞會不會也有三隻腳？」

大家你一言我一語的說個不停。

「好了！你們也看過了三隻腳的小雞了！現在我要拿回家去飼養囉！」話一說完，公孫龍便捧著小雞獨自回家去。

「娘！我把長三隻腳的小雞帶回來了！」公孫龍雙腳一跨進家門，就對著他的母親高喊道。

他的母親王氏正在縫衣服，被他這麼一叫，趕緊抬頭問道：「龍兒！什麼三隻腳兩隻腳的？大白天的，別嚇著人了！」

「娘！您看！我手上這隻小雞是不是長了三隻腳？」公孫龍雙手捧著小雞讓他母親王氏瞧個仔細。

王氏一瞧之下，皺了皺眉頭，隨即放下針線活兒，問公孫龍道：「龍兒，這隻小雞是從哪裡弄來的？快說！」

於是，公孫龍就把方才跟鄰居小孩周瑞要來小雞的事情，一五一十地告訴了王氏。

王氏知道後，神情緊張地說道：「你看！周瑞他娘都知道三腳雞是不吉祥的動物，想把牠淹死掉！你怎麼還把這個不祥之物要回家來自己飼養！難道你想家人遭到不幸！是不是？」

「娘！您先別生氣！請聽孩兒解釋！孩兒認為雞有幾隻腳與吉不吉祥，一點也扯不上關係！難道養兩腳雞的人家，就不會有病痛死亡嗎？」公孫龍捧著小雞向王氏說明他的看法。

王氏一聽，頓時語塞。過了一會兒，她忽然說道：「龍兒！孫叔敖殺兩頭蛇的故事，你聽說過嗎？」

「孩兒三歲時就聽娘講過這個故事！」公孫龍回答道。

「好！那你說說看這個故事的大意！」王氏笑著說道。

「是的！這個故事的大意是說：從前楚國名相孫叔敖小的時候，在路上看到一條兩頭蛇，他曾聽人說起，兩頭蛇是不祥之物，誰看到牠就會在三天內死去。他一想到自己快要死了時，傷心得不得了！可是回頭一想，別人經過這裡看到兩頭蛇的話，也會在三天內死去。這樣不是會害很多人喪命嗎？反正我快死了，不如撿塊大石頭把牠打死，免得他又去害別的人！於是他真的就把兩頭蛇給打死，還用泥土埋了起來！」

「那我問你！他回去哭著告訴他娘之後，他娘有何反應？」王氏仍然笑著問道。

「他娘不但沒有罵他，還很贊同他的做法，並且安慰他，說他心地善良，老天爺是不會讓他死掉的！」公孫龍答道。

「所以啊！龍兒！你也應該把小雞丟到河裡淹死！不應該帶回家來飼養才對！」王氏隨即說道。

「娘！孩兒不這麼認為！第一、『兩頭蛇是不祥之物，誰看到牠就會在三天內死去。』的說法，根本就沒有根據！蛇要是有毒的話，不管牠長幾個頭，都會咬死人！普通蛇要是沒有毒的話，不管牠長幾個頭，也都不容易咬死人！如果孫叔敖先生打死的是毒蛇的話，那還差不多！第二、『三腳雞是不祥之物』的說法也是毫無根據的！更何況雞不是蛇！牠又不會咬死人！我們幹嘛要狠下心去淹死牠！」公孫龍又滔滔不絕地說了一番大道理給王氏聽。

王氏一聽，只好搖搖頭說道：「娘說不過你這張小嘴！你就暫時先養著吧！等下你爹回來之後，再聽聽他的意見！」

到了中午時刻，公孫虎果然從山中挑柴回到家裡。公孫龍一見他爹回來，立刻就把周瑞如何將三腳雞送給他，而他與娘之間為此事爭辯的事情經過，都原原本本地告訴了公孫虎。

公孫虎看了看小雞，大笑一聲之後，對王氏說：「龍兒說得沒錯！雞有幾隻腳與吉不吉祥，一點也扯不上關係！我也不信這些無稽之談！」

說完，他立即摸著公孫龍的頭說道：「龍兒！你小小年紀就懂得這般大道理！將來一定比爹有成就！爹娘以你為榮！」

「爹！娘！孩兒想替這隻小雞取個名字，好不好？」公孫龍高興地問道。

「好啊！既然這隻小雞是你救回來的，那就由你來取好了！」公孫虎說道。

「孩兒準備替這隻小雞取名為『吉祥』！公孫龍說道。

「幹嘛要叫牠『吉祥』？」王氏不解。

「因為，大家都說三腳雞是不祥之物，孩兒就偏偏要給牠取名為『吉祥』，來扭轉世俗的觀念！」公孫龍解釋道。

「好！就叫『吉祥』吧！爹很欣賞你的勇氣！」公孫虎摸著公孫龍的頭說道。

於是，公孫龍捧著小雞向公孫虎與王氏說聲：「謝謝爹娘！」，就跑去逗小雞玩了。

3・感官侷限

「吉祥」一天天的長大，終於長成了一隻雄赳赳、氣昂昂的大公雞。而牠的三隻黑腳也越來越明顯，讓人一眼就可看出來，想藏也藏不住。

公孫龍把「吉祥」當寶貝一樣，沒事就帶著牠到處閒逛。說也奇怪，「吉祥」好像滿聽公孫龍的話似的，牠跟在公孫龍後頭昂首走路，一點也不退縮。

照理說，雞左右各有一隻腳，力量均衡，才好走路。如今多了一隻腳，成了三隻腳，要如何走得穩呢？原來，「吉祥」的第三隻腳並不著地，離地面還有一吋的距離，所以毫不影響走路的速度。

「大家快來看呀！這隻大公雞有三隻黑腳呢！」

「好可怕哦！這世上怎麼會有三隻黑腳的大公雞呢？」

「這一定是不祥之物！我們還是閉上眼睛不要看牠！以免災禍降臨到自己身上！」

儘管街上行人七嘴八舌地議論紛紛，可是，公孫龍依舊帶著他的「吉祥」四處溜達，根本不在乎別人的異樣眼光。

「喂！小弟弟！你這隻大公雞有三隻腳，真是一隻怪雞！難道你不怕牠帶來不吉祥的事情嗎？」一位身穿灰衣的中年男子對公孫龍大聲問道。

「我才不怕呢！我還給牠取名叫『吉祥』呢！」公孫龍回答道。

「什麼？雞還取名字？你是不是瘋啦？」中年男子大吃一驚道。

「我才沒有瘋呢！狗可以取名字，為什麼雞就不能取名字？只要是自己養的動物，都可以替牠們取名字！」公孫龍一聽，立即反駁道。

「這…」中年男子冷不防被公孫龍這麼一頂撞，一時之間竟然答不出話來。

過了一會兒，中年男子又說道：「就算可以取名字好了，這隻三腳雞是隻不吉祥的雞，你應該取名為『不吉』或『不祥』，才名副其實啊！」

「這位大伯，您又講錯了！誰說雞有三隻腳就代表不吉祥？我倒覺得牠滿吉祥的，所以才把牠叫做『吉祥』！這才是名實相符呢！」公孫龍再度駁斥道。

中年男子聽了，勃然大怒道：「簡直是蠻不講理的詭辯！你是哪家的小野孩？看你長得眉清目秀的，沒想到你這張小嘴還挺厲害的！敢跟大人頂嘴！你爹娘是怎麼教育你的？竟敢離經叛道，與世俗唱反調！你呀！應該多聽點聖賢所講過的話，思想就不會這麼驚世駭俗了！」

「聖賢所講過的的話也不見得句句都有道理啊！」公孫龍又駁了一句。

「反了！反了！小小年紀竟敢詆毀聖賢！真是個無可救藥的怪童！幸好你不是我的小孩，否則我早就把你屁股打爛，罰你三天不准吃飯！看你以後還敢不敢跟大人頂嘴？」中年男子把公孫龍訓斥一頓之後，氣得搖搖頭就走了。

「哼！為什麼小孩就不能跟大人講道理？大人講不過小孩，就要處罰小孩？」公孫龍心裡很不服氣。

等中年男子遠去之後，公孫龍抱起「吉祥」就往回家的路走去。走著走著，忽然不小心撞到一位正在走路的小瞎子。這時，「吉祥」似乎被嚇著了，即刻叫了兩聲。

小瞎子一聽到雞叫聲，就一邊伸手，一邊問道：「是誰家的公雞在叫？」

「是我手上抱的大公雞！」公孫龍趕緊回答道。

「讓我摸摸看牠！好吧？」小瞎子伸出手來準備要摸「吉祥」。

「沒問題！你儘管摸就是了！」公孫龍表達了他的善意。

「咦？你這隻雞怎麼有三隻腳？我過去摸的雞都是兩隻腳呢！」小瞎子摸完「吉祥」之後，詫異地問道。

「沒錯！這隻雞的確是三隻腳！跟一般兩隻腳的雞相比，只是多了一隻腳而已，其他沒什麼兩樣！」公孫龍說道。

「可惜！我只能觸摸牠，卻無法看見牠！否則我就知道牠長什麼樣子了！」小瞎子感慨道。

「沒關係！讓我告訴你好了！牠是一隻白色的大公雞！」公孫龍說道。

「什麼是白色？」小瞎子問道。

「白色就是像白馬、白羊、白玉、白雪一樣的顏色啊！」公孫龍解釋道。

「可是！我生下來眼睛就瞎了！你說的什麼白馬、白羊、白玉、白雪這些個東西，我也從來沒見到過，所以我腦海裡毫無『白色』的概念！我可以用手摸到公雞的三支硬腳爪，卻無法用眼睛看到牠羽毛的顏色！人家都說世界多采多姿，可是，我卻一點也體會不出來！唉！我的命好苦啊！」小瞎子嘆了口氣說道。

「原來小瞎子只有聽覺、觸覺，卻沒有視覺！怪不得跟他講白色，他卻一點也沒有反應！」公孫龍心裡頭暗想道。

離開小瞎子之後，公孫龍抱著「吉祥」再往前走了十來步，又遇到一位缺了雙手的斷臂人。

斷臂人一見到「吉祥」，就大喊道：「好漂亮的白公雞！」

「這位叔叔，您也知道我手上抱的這隻雞是白色的？」公孫龍問道。

「那當然啦！我只是失去雙手而已，我的一雙眼睛還沒瞎啊！什麼顏色我都能分得一清二楚！別說一隻大公雞了，就算是一粒沙子，我也能看出它的顏色來！」斷臂人說道。

「說得也是！那我倒要問問叔叔，您可知道，雞的腳爪摸起來是硬的還是軟的？」公孫龍指著「吉祥」的三隻腳問道。

「我又沒有雙手，怎麼摸得出雞腳爪是硬的還是軟的？」斷臂人帶著埋怨的語氣答道。

「原來斷臂人只能聽、只能看，卻沒法子用手去觸摸東西！怪不得跟他講硬軟，他卻一點也不懂是什麼意思！」公孫龍自言自語道。

離開斷臂人之後，公孫龍領著「吉祥」往前又走了三十來步，結果在井邊遇到一位賣菜的菜販。

菜販發現「吉祥」有三隻腳之後，突然向公孫龍提出請求說：「小弟弟！你這隻大公雞可不可以賣給我？牠長了三隻腳，那餐桌上不就多了一隻雞爪可吃嗎？如果天下的雞都有三隻、甚至四隻腳的話，那該多好啊！不發大財才怪！」

公孫龍一聽，氣得瞠目跺腳，大罵菜販道：「就算你給我再多的錢，我也不會賣給你！牠叫『吉祥』，可是我的寶貝呢！我要把他養到老死為止！」罵完，頭也不回就走了。

「什麼？雞還有名字？雞養大了不殺來吃，還要供養一輩子，這小孩簡直是個小瘋子！」菜販望著公孫龍的背影不斷嘀咕道。

4．辯才折眾

回到家之後，公孫龍躺在床上一直在想：「小瞎子沒眼睛，所以看不到公雞的顏色；斷臂人缺手，所以摸不出雞腳的軟硬。可見，不同的感官有不同的作用。眼睛摸不出軟硬，同樣，手也看不出顏色。那，耳朵能聞到香味嗎？鼻子能聽到聲音嗎？嘴巴能看見顏色嗎？皮膚能感覺出甜味嗎？為什麼一個感官只能有一種功能呢？要是小瞎子沒眼睛，照樣看得到公雞的顏色；斷臂人缺手，照樣摸得出雞腳的軟硬。那該多好啊！」想著想著，無意間便睡著了。等他醒來時，王氏已經做好了午飯。

過了中午，公孫龍又帶著他的「吉祥」出遊。一出大門正好遇上他的鄰居周瑞。他一見到周瑞，便問說：「周瑞！好久不見！你是不是搬家了？為什麼我都看不到你？」

周瑞一聽，便支支吾吾說道：「我沒搬家！只是…」

「只是什麼？別吞吞吐吐的！」公孫龍說道。

「你知道我娘很忌諱三隻腳的雞！她要我離你遠點，免得沾到晦氣！」周瑞解釋道。

「瞧！哪來的晦氣？我不是挺好的嗎？幾個月過去了，我家沒遭小偷！房子沒失火！我沒生過半天病，我爹和我娘也都健康得很！你要是不信的話！去問我娘好了！」公孫龍面帶笑容說道。

「不用！不用！我有事先走一步了！」周瑞神色慌張地跑開了。

「唉！膽子比老鼠還小！連看『吉祥』都不敢看一眼！三隻腳的雞真有那麼恐怖嗎？我覺得比癩蝦蟆可愛多了！」公孫龍搖搖頭說道。

才走到大街上，就有一大群人指著公孫龍和他的三腳雞說：「看！守禮村的怪雞怪童又來了！」

公孫龍早已習慣人們的異樣眼光，他一點也不在乎他們的指指點點，照樣抱著「吉祥」去逛街。

「喂！怪童！你們家的雞長了三隻腳！那麼，你爹是不是長了三隻眼睛，你娘是不是長了三隻耳朵？」一位滿臉橫肉的漢子大聲問公孫龍。

「對！我爹是長了三隻眼睛！我娘是長了三隻耳朵！那又怎麼樣？」公孫龍從容鎮定地答道。

漢子一聽，隨即哈哈大笑；圍觀的群眾也都捧腹大笑不已。

公孫龍見狀，於是說道：「你們先別忙著笑！我爹的三隻眼睛可神著呢！他的第一隻眼睛，可以看出誰是君子誰是小人！他的第二隻眼睛，可以看出誰的屁股上長了顆痣！他的第三隻眼睛，可以看出誰大便後沒洗手！我娘的三隻耳朵可奇著呢！她的第一隻耳朵，可以聽出誰是大驚小怪的人誰是見怪不怪的人！她的第二隻耳朵，可以聽出誰是說謊人誰是老實人！她的第三隻耳朵，可以聽出誰在偷偷放屁！你們說說看！我爹的三隻眼睛和我娘的三隻耳朵長得好不好？」

漢子聽了之後，立即停止大笑，低頭不語。等公孫龍走遠後，眾人私底下便議論紛紛道：

「真是伶牙俐齒啊！」

「真是口若懸河啊！」

「真是能言善辯啊！」

「真是不可小看的童子啊！」

5・識字讀書

公孫龍與「吉祥」相處了半年之後，「吉祥」終於因為傳染到雞瘟而病死了。公孫龍哭得很傷心，他父親公孫虎勸他別難過，幫他在後院裡挖了個大洞，然後將「吉祥」埋好。公孫龍失去了「吉祥」，心裡頭悶悶不樂，一整天都不肯進食，害得公孫虎與王氏頗為緊張。幸好在公孫虎與王氏的苦苦相勸下，才勉強吃了點東西。

王氏急得問公孫虎說：「龍兒再這樣子下去，遲早會把身體弄壞！要不要請個大夫來看一看？」

「沒那麼嚴重吧！小孩子嘛，記得快忘得也快！我保證再過幾天就不藥而癒了！」公孫虎笑答道。

果然，日子一久，公孫龍又變得活潑機靈起來，臉上也再度堆滿了笑容。他的父母看了，總算把心放了下來。

每當公孫龍看到別的大公雞時，他就會想起「吉祥」這隻長了三隻腳的白色大公雞。「三腳雞」這個影像就如同「白馬」一樣，早已深印在他幼小的心版中了。

等公孫龍快到八歲時，公孫虎對王氏說：「龍兒快八歲了，我們是不是該找個小學讓先生來教他識字讀書？」

「我們又不是公卿大夫的貴族家庭，我們只是一般平民！平民的小孩子哪需要上什麼小學？我們倆都沒上過小學，不也這麼過來了嗎？再說，龍兒這麼聰慧過人，還需要去上學嗎？」王氏則不以為然地說道。

「平民的小孩子難道就不需要上學了嗎？光有口齒，光有機智，是不夠的！必須能識字讀書，將來才有一番大作為！不識字，怎麼去處理政務？不識字，又怎麼去著書立說，名垂青史？再說，識字讀書是八歲小孩最基本的語文教育，等他們長大了，有力氣了，還可學習射箭和駕駛馬車的技能呢！難道妳希望龍兒長大後跟我一樣不識字，跟我一樣沒出息嗎？我幫他取名為『龍』，就是對他有極高的期許啊！我這一生已經飛不起來了，總不能讓他也無法高飛吧！」公孫虎聽了王氏的一番話，趕緊駁斥道。

「我當然希望龍兒能識字讀書，將來比我們有出息得多！可是，去上學得繳學費，以我們家目前的環境來說，能繳得起昂貴的學費嗎？」王氏又擔心道。

「這個妳放心好了！我會去打聽一下行情。等我打聽好之後，找一位學費便宜的先生不就行了嗎？這事就包在我身上好了！用不著妳費半點心！」公孫虎則笑著說道。

王氏聽了，頻頻點頭。於是，公孫虎一有空就到處去打聽行情。打聽了幾天之後，終於找到一位肯收公孫龍為學生的老師。於是，公孫龍就開始了他的「小學」生涯。

自從孔子開私人講學的風氣之後，到了戰國時代，私塾林立，平民小孩想要識字讀書，總會找得到地方。

教公孫龍識字讀書的是一位六十多歲的張老先生，他是儒者，觀念守舊，遵從古訓，從不敢違逆聖賢之言。他班上一共有十名學生，家境都還不錯，只有公孫龍家境比較清寒。因此，張老先生比照孔子的老規矩，只收公孫龍用十條乾肉紮成一束的「束脩」，就讓他入學了。

6・夫子語塞

一開始識字，總是從簡單又有趣的象形文字開始。

學了許多文字之後，公孫龍就能寫能讀了。只是，他腦海裡時常在想：

「為什麼『日』這個字就代表早上升起的那個紅紅熱熱的東西，而『月』這個字就代表晚上發亮的那個圓圓白白的東西？如果我偏要把晚上發亮的那個圓圓白白的東西叫做『日』，把早上升起的那個紅紅熱熱的東西叫做『月』，可不可以呢？難道太陽一誕生時身上就刻了『日』這個字，月亮一誕生時身上就刻了『月』這個字？永遠都不能夠輕易改變嗎？」

「還有就是，我們趙國的文字跟秦國的文字是否一模一樣？如果不一樣的話，究竟是我們趙國的文字對呢？還是秦國的文字對呢？為什麼同一個東西竟會有不同的寫法呢？若是每個國家的文字都不一樣，那到底應該以哪個為標準呢？」

「倉頡是不是很聰明的一個人，要不然他怎麼會造字呢？他為什麼要造字？是不是因為光靠嘴巴講還不夠，需要用一種圖畫把說的話畫下來給人看才行？他造字時，旁邊有沒有一群人人給他提供意見？還是他一個人說了算？萬一他觀察錯誤，造的字不符事實，那該怎麼辦？誰來糾正他？」

當同學周瑞還在死背老師所教的文字時，公孫龍已經對符號與指涉對象之間的複雜關係興起了好奇心。也因此，他時常出其不意地提出一些連老師都難以招架的問題：

「先生！請教您一個問題！『狗』跟『犬』有什麼不同？」公孫龍問道。

「沒什麼不同！都是指家裡養的那個會汪汪叫、會看家、會咬人、會幫忙打獵的四腳動物。」張老先生說道。

「既然指的是同一個動物，為何要造出兩個不同的字來？」公孫龍反問道。

「這個我也不太清楚！反正可以互相通用就是了！」張老先生苦笑道。

「好！可以互相通用！是吧？那，父親在外人面前謙稱自己的兒子為『小犬』，可不可以改稱為『小狗』？」公孫龍又問道。

「好像不妥吧？」張老先生面有難色地說道。

「既然『狗』跟『犬』沒有什麼不同，那，謙稱自己的兒子為『小狗』，又有什麼關係呢？」公孫龍反問道。

「這…」張老先生竟答不出話來。

「先生，學生姓公孫名龍。當初造『龍』這個字的聖人，他真正見過龍嗎？」

「當然見過啊！要不然他怎麼會創造出『龍』這個字來！」張老先生帶著笑容答道。

「可是，龍真的會飛上天嗎？」公孫龍追問道。

「當然會飛上天啊！不然怎麼叫做龍翔鳳舞呢？」張老先生又答道。

「那，請問先生，您見過能在天上飛翔的龍嗎？」公孫龍緊追不捨。

「我活了大半輩子，從來也沒見過能在天上飛翔的龍！」張老先生坦承道。

「若是世上真的沒有能在天上飛翔的龍，那我們還可以繼續使用『龍』這個字嗎？」公孫龍話鋒一轉，就逼著張老先生回答。

「這個…」張老先生頓時語塞。

「好！最後再請教先生，我們做學生的應該稱您為『先生』好？還是『夫子』好？」公孫龍隨即又提出了一個問題。

「都可以！」張老先生說道。

「那稱您為『先夫』，可不可以呢？」公孫龍問道。

「當然不可以！」張老先生驟然變色道。

「為什麼不可以？」公孫龍追問道。

「因為，『先夫』是指死去的丈夫！」張老先生又是苦笑一番。

「按照您的說法，『先』就是死去的意思。那，死去的雞可不可以叫做『先雞』，死去的豬可不可以叫做『先豬』呢？」公孫龍又問道。

「這…」張老先生又支支吾吾地說不出話來。

班上同學見狀，便紛紛指責公孫龍道：

「公孫龍！先生教什麼，我們就學什麼，幹嘛要跟先生爭辯？」

「公孫龍！你竟敢公然質問先生，你自以為了不起！是不是？」

「公孫龍！你太沒有禮貌了！」

公孫龍聽了之後，不做回應，繼續思考文字隱含的意義。

由於公孫龍的機智善辯，張老先生教了他幾年書之後，便推薦他去登門拜訪上官守白先生。因為，他知道，像公孫龍這樣的思維方向，只有上官守白他們的門派，才能引起公孫龍的興趣。他雖然與上官守白的思路大相逕庭，兩人也很少往來，但為了公孫龍，他也只有硬著頭皮去見上官守白。上官守白聽了張老先生的一番話之後，就一口答應了下來。

有了上官守白的允諾之後，張老先生便對公孫龍說道：「公孫同學！我覺得你的思想很靈活，見解也跟一般男孩不太一樣！我教了幾十年的書，從未遇到像你這麼愛發問的學生，而且問的問題都是超乎你年齡的問題。我只是個一板一眼的教書先生，你提出的一些問題，說實在的，我都很難答覆你。這樣好了，不如我推薦你去拜上官守白先生為師。我相信他會給你滿意的答覆的！」

公孫龍自己也想學到更深的知識，因此他就告別張老先生，前去拜見上官守白先生了。

第二章

墨門抱得美人歸

1·飛龍之相

上官守白住在邯鄲城外的兼愛村，他是墨家創始人墨翟弟子相里勤的大弟子。墨翟是比公孫龍出生早了將近一百六十年，而比孔子晚生了約七十年的重要人物。他的學說可與孔子學說分庭抗禮，影響力非常大。他的弟子稱為『墨者』，是一批忠於墨家，濟弱扶傾的義士。

墨翟死後，墨者分為三派，三派各有領導人，也就是門徒心目中的「鉅子」。三派都研習墨翟的論辯之學，卻又都視自己為正統，別派為「異端」。相里勤死後，「鉅子」的重擔便落在上官守白的肩上。

上官守白知道公孫龍是張老先生介紹來的，對公孫龍特別客氣。他接見公孫龍時，便問：「你為何要學墨者的論辯之學？莊周與孟軻兩位先生的辯才也是舉世皆知的啊！」

「莊周先生基本上主張拋棄言談，他對論辯的功能一直持懷疑態度；而孟軻先生雖然能言善辯，卻並未建立有系統的論辯之學，所以學生認為只有墨者的論辯之學才是學生要學習的科目！」公孫龍因為早已知道莊子與孟子的特長，所以隨口回答道。

「嗯！說得一點也不錯！只不過，莊周先生雖然反辯，可是，弔詭的是，他自己也常跟惠施先生等人辯論來辯論去的！」上官守白也說道。

「學生認為，這可能有兩個原因！」公孫龍提出了他個人的看法。

「哪兩個原因？你倒說來聽聽！」上官守白笑說道。

「第一個原因就是，莊周先生年輕時喜歡與人爭辯，到了晚年，想法改變，便主張去言止辯了。兩件事並不在同一時間內發生，所以並不衝突！」公孫龍解釋道。

「說得滿有道理的！那，第二個原因呢？」上官守白臉上露出驚喜的表情。

「第二個原因就是，莊周先生跟老聃先生一樣，本身都不喜歡與人爭辯。那些像是與惠施先生爭論魚活得快不快樂的故事，都是他弟子編造出來的，不足為信！」公孫龍進一步表達了他的看法。

「嗯，的確見人之所未見！那我再問你，墨翟先生主張兼愛與非攻，你贊不贊成他的看法？」上官守白點點頭再度問道。

「學生非常贊成墨翟先生所主張的兼愛與非攻學說！如果每個人都能無條件地去熱愛所有的人，那自然就不會去侵略別的國家，殺戮他們無辜的人民！一個有泛愛世人之心的國君，必然不會窮兵黷武的！」公孫龍也答道。

上官守白聽了，便說：「很好，三言兩語就能抓住墨翟先生的精神！」

過了一會兒，公孫龍忽然問道：「就學生所知，孔丘與孟軻先生也都主張仁愛，反對侵略，墨翟先生的思想應該受到孔丘先生的影響吧？」

「沒錯！墨翟先生原來就是孔丘先生的信徒，後來自己有了新主張，就與孔丘先生的思想漸行漸遠了。當今各家學說紛紜，同中有異，異中有同，這是難免的現象。說不定你將來有了主見之後，也會另立門戶，自成一派的！」上官守白笑聲爽朗地說道。

公孫龍聽了之後，眉角遂揚起一絲自得之意。

上官守白見公孫龍有飛龍在天之相，於是又說道：「你我都未能親自受教於墨翟先生，根據我從相里先生那得來的訊息，墨翟先生這個人吃起苦來比誰都能吃，唱起高調來也比誰都會唱；真是一位標準苦力，又是一位典型哲人！他曾經很自豪的說過：『光憑我的學說就足夠應用於天下了。誰要是放棄我的學說去採用別人的學說，那就好像是捨棄一整年的糧食，而去撿拾別人剩下的穗子一樣；若是想用別人的學說來攻擊我的學說，那就好比是用雞蛋來丟石頭一樣，就算丟光了天下的雞蛋，石頭還是石頭，一點也不會受損！』」

「墨翟先生為什麼敢那麼自豪呢？」公孫龍仰著頭，好奇地問道。

「道理很簡單！因為他精通論辯之學，熟悉萬物之理，善用譬喻，雄辦滔滔，所以對自己的學說充滿了無比的信心，從不怕別人來向他挑戰！單憑這一點，孔丘先生就比不上他！」上官守白解釋道。

公孫龍聽了，心中對墨子欽佩不已，自己也衷心願意當他的私淑弟子。於是，他又問道：「方才您說墨翟先生善用譬喻，雄辯滔滔，可否舉一兩個例子說給學生聽聽？也好讓學生開眼界！」

2・欽佩墨子

上官守白聽了此話，便說：「好！我就舉兩個著名的例子說給你聽聽！第一個例子是，齊太公田和這個人喜好戰爭，墨翟先生聽說了，就去勸告他說：『現在假如有一把大刀放在這裡，用它來試砍人頭，人頭馬上落地，你說這把大刀算不算鋒利？』齊太公說：『當然算鋒利啦！』墨翟先生又問：『用它再來試砍很多人頭，人頭也都馬上落地，你說這把大刀算不算鋒利？』齊太公說：『當然算鋒利啦！』墨翟先生接著又問：『刀算是展現鋒利了，可是，誰將遭到不幸呢？』齊太公回答道：『刀展現了鋒利，被刀砍頭的人卻遭到了不幸！』墨翟先生話鋒一轉，說道：『兼併別的國家，消滅他們的軍隊，殘殺無辜的百姓，誰將會遭到不幸？』齊太公想了好久，終於回答道：『我會遭到不幸！』」

公孫龍一聽之後，禁不住揚眉讚嘆道：「真是好口才啊！」

緊接著，上官守白又舉了第二個例子給公孫龍聽：「魯國陽文君準備要攻打鄭國，墨翟先生聽說了，就去勸告他說：『假如魯國境內，發生大城攻打小城，殺害小城百姓，奪取他們的牛馬狗豬布帛糧食財物的事情，請問，你該採取什麼樣的措施？』魯國陽文君說道：『魯國全國上下都是我的臣民，如果發生大城攻打小城，殺害小城百姓，奪取他們的牛馬狗豬布帛糧食財物的事情，那我一定要重重地懲罰他們一番才行！』於是，墨翟先生話鋒一轉，問道：『上天擁有整個天下，也就像是你擁有整個魯國一樣。現在你準備動員士兵去攻打鄭國，難道就不怕上天會重重懲罰你嗎？』

魯國陽文君隨即反駁道：『先生為何要勸阻我停止攻打鄭國呢？我之所以要攻打鄭國，也就是在順從天意啊！難道你不知道，鄭國人連續三代殺死了自己的國君，上天看到後懲罰他們，讓他們連續三年的收成都不好，現在，我去攻打鄭國，等於是在幫上天加重懲罰他們啊！』墨翟先生一聽，氣得駁斥道：『這是什麼話！鄭國人連續三代殺死了自己的國君，上天看到後懲罰他們，讓他們連續三年民不聊生，上天的懲罰已經夠重了！現在你又動員士兵去攻打鄭國，還振振有詞地說什麼『我之所以要攻打鄭國，也就是在順從天意啊！』。這就好比有這麼一個人，因為他的兒子個性凶暴不成材，所以他父親狠狠鞭打他。而鄰居的父親看了，也舉起木棍要打他！理由說是『我拿木棍打他，完全是順從他父親的意思！』這難道不是荒謬至極，違反情理的說詞嗎？」

公孫龍聽了第二個例子之後，對墨子的仁心與辯才佩服得五體投地。他偷偷發誓，從今以後，一定要發揚墨子的兼愛與非攻精神，來阻止國君的好戰行為。

於是他又問道：「據學生所知，要規勸國君停止征伐，不是一件容易的事情。孟軻先生好像就一直達不成他的心願！」

「的確如此！一般說來，做國君的都不太喜歡聽人說空泛的大道理！學者陳義過高，往往不合國君的口味！」上官守白長嘆一聲道。

「那，問題到底是出在學者身上，還是出在國君身上呢？」公孫龍臉上露出疑惑的表情。

「這實在很難說！不過！我可以舉孟軻先生與淳于髡先生的一場辯論，做為你的參考，讓你自己來判斷！」上官守白則說道。

「那太好了！學生很想聽聽他們兩位前輩的看法！」公孫龍笑容滿面地說道。

3・景仰孟子

於是，上官守白就娓娓說道：「孟軻先生去遊說齊宣王，談了一些仁心仁政的大道理，齊宣王聽了之後，顯得很不高興。事後，齊宣王的大臣淳于髡先生恰好站在孟軻先生旁邊。於是，孟軻先生就說：『今天我去遊說貴國國君，貴國國君顯出一副很不高興的樣子，我猜，大概是他分辨不出什麼是高明的意見吧？』

淳于髡先生則反駁道：『先生哪會有什麼高明的意見？從前，弧巴在水邊彈瑟，水底的魚兒都浮出水面來傾聽；伯牙奏琴，所有的馬匹都仰頭而笑，甚至連嘴裡含的草糧都噴了出來。你想，連魚和馬都還能分辨得出什麼是好的音樂，更何況是一國之君呢？』

孟軻先生聽了之後，不以為然，便說道：『打雷閃電的力量極大時，能把竹子剖開，能把樹木折斷，讓天下人大吃一驚，可是，聾子卻偏偏聽不到這麼大的聲音！太陽和月亮的光芒能照遍天下，可是，瞎子卻偏偏看不到這麼亮的光芒！現在，貴國國君就好比聾子和瞎子一樣！』

淳于髡先生一聽，急得反駁道：『不是像你講得那個樣子！從前，善歌的揖封住在高唐這個地方，結果齊國西部的人都喜歡唱歌；齊國大夫杞梁的妻子為她的丈夫戰死而哭倒城牆，齊國的人都歌頌她！由此可見，聲音即使再細小，也都會有人聽得見；行為即使再隱密，也都會有人看得見。先生果真是個賢能的人的話，那麼，為何人住在魯國而魯國卻日漸削弱，這又是什麼緣故呢？』

孟軻先生隨即反駁道：『國君如果不用賢能之人，整個國家都亡了，連削弱的機會都沒有！能吞下船隻的大魚是不會住在池沼這種小地方的！真正有為的人是不會苟且居住在混亂的時代裡；秋菊再美，到了嚴冬也必然會凋零。我就是一個生不逢時的人！』」

公孫龍聽了孟子與淳于髡的這場辯論，除了佩服二人的機智與辯才之外，對遊說國君也有了心理上的準備。他心中暗想，孟軻先生的處境，會不會就是他自己未來的處境呢？

「公孫龍！你在想什麼？眼睛一直發楞？」上官守白見公孫龍若有所思的樣子，便隨口問道。

「沒什麼！學生只是在想，學生何時才能有孟軻先生與淳于髡先生的機智與辯才！」公孫龍隨即答道。

「嗯！挺有志氣的！我們墨門就需要這樣的弟子！」上官守白點頭稱讚道。

稍後，上官守白又隨口問了公孫龍一些有關名辯上的問題，而他都能侃侃而談，對答如流，讓上官守白相當驚訝與滿意。事實上，上官守白雖然有著「鉅子」的頭銜，但他畢竟不是墨子，也不是相里勤，墨門傳到他這一代，已經逐漸喪失了「鉅子」的風範與影響力，因此，他收到的學生也少有出類拔萃之士。

隔天，上官守白就當著眾弟子面前介紹公孫龍給大家認識，並且把公孫龍好好地誇獎了一番。

4・有女懷春

上官守白有弟子十七人，年齡皆在十八歲到二十二歲之間。他與妻子孫氏則育有一女，叫做嫣紅，生得蕙質蘭心，人見人愛，現年十八歲，依然待字閨中。

在十多位的弟子當中，葛尚賢、孫慎染、馬修身、周立儀與胡貴義五位，是比較年長又善辯的墨徒，他們都比公孫龍大了三歲，而且家境都滿富裕的。

當他們第一次見到公孫龍時，就被公孫龍出眾的儀表及談吐鎮住了。他們心想，這小子一來，會不會把他們都比下去了。因此，他們一有機會就想整整公孫龍，讓他知難而退，早點滾回家裡去。

有一天，他們五人趁上官守白在屋裡會客時，把公孫龍偷偷叫到院子的牆角。

葛尚賢指著公孫龍的鼻子說：「公孫龍！你不要以為先生賞識你，你就目無尊長了！」

「我沒有目無尊長啊！」公孫龍辯解道。

「還敢狡辯？我們大你三歲，不是尊長是什麼？」孫慎染也斥責道。

「你們大我三歲，那叫學長，不叫尊長！虧你還是名辯之徒，連這最起碼的意思都沒弄清楚！」公孫龍立即反駁道。

「好啊！你厲害啊！你伶牙俐齒啊！看我馬修身怎麼教訓你！」馬修身一邊說著，一邊就捲起袖子，伸出拳頭出來。

公孫龍見狀，隨即說道：「你名字叫修身，總該懂得什麼叫做修身之道吧？」

馬修身一聽，面有慚色，只好乖乖把捲起的袖子放了下來。

「公孫龍，我警告你！你不許打女孩子的歪主意，聽到沒有？」周立儀用雙眼瞪著公孫龍說道。因為，他發現公孫龍儀表出眾，很容易吸引女孩子的注意，而這點正是他遠遠不及的地方。

「女孩子？我們墨門個個都是男孩子，哪來的女孩子？難道我們墨門有女扮男裝的姑娘不成？」公孫龍滿臉疑惑地問道。

「你少給我裝糊塗！我們說的女孩子就是先生的掌上明珠嫣紅。你這個窮小子，只出得起一束乾肉的學費，人家是看不上你的，你最好識趣點！別自取其辱！知道嗎？如果讓我發現你接近她，小心我剝了你的皮！」胡貴義也指著公孫龍的鼻子說道。

當他們五位輪流警告公孫龍時，並不知道上官嫣紅正躲在大樹後頭偷聽他們的談話。

雖然在禮教的嚴格規範之下，未婚少女是不能隨便跟陌生男子見面的。然而，上官嫣紅在情竇初開的年齡就已經偷偷見過許多男孩了，這些男孩便是他父親招收的學生。當然，她知道她的行為是不被禮教允許的，因此，她的行動很詭秘，腳步輕得像貓似的，讓人無法察覺。

「原來他叫公孫龍！不但相貌英俊，口才也極佳，比起爹原來收的那些學生強多了！」上官嫣紅偷偷瞄了公孫龍一眼之後，對公孫龍有了深刻的印象。

「爹！您新收的一位學生，是不是叫公孫龍？」上官嫣紅趁公孫龍他們都回家的時候，悄悄問上官守白。

「沒錯！是有一位叫公孫龍的！今年十九歲，字子秉，人絕頂聰明，口才也極佳，比其他十幾位學生都要優秀百倍！怎麼樣？妳認識他？」上官守白說道。

「才不認識呢！女兒隨便問問而已！」上官嫣紅羞答答地說道。

「還未出嫁的女孩子，應該好好待在閨房裡，千萬別拋頭露面，去偷偷認識什麼男孩子，那樣會被鄰居議論的！知道嗎？嫣紅！」上官嫣紅的母親孫氏聽了之後，趕緊在一旁仔細叮嚀道。

「知道啦！娘！」上官嫣紅隨口答應完後，就回她的閨房去了。

其實，上官嫣紅對這種限制女子自由的禮教，內心並不贊同。她認為男子可以拋頭露面，自由行動，女子也應該跟男子一樣才對。還有，男子有讀書識字的權利，女子也該擁有這樣的權利才對。她雖然不能和父親的學生一起上課，但是，她會偷聽他們上課的內容，遇到不明白的地方，也會偷偷向父親請教。幸好，上官守白是個開明的父親，不但沒有斥責她，反而把她當男孩子一樣，傳授他許多墨學上的知識。因此，上官嫣紅的眼界很高，能讓她中意的男子實在不多。

當天晚上，上官嫣紅做了一個美夢，在夢中她與公孫龍依偎在一起，情話綿綿，讓她感到萬分幸福。只可惜，夢一下子就醒了。她不敢把做的夢告訴父母，只有偷偷隱藏在心底。

5・駕車騎馬

除了學習名辯知識之外，墨門還很重視技能之訓練。

公孫龍在上官守白門下學習墨者名辯知識快滿一個月之後，上官守白問他道：「你的理論基礎已經很札實了，別的同學學了二、三年，仍然一知半解！而你在短短一個月的時間，就把墨辯之學融會貫通了。真是難能可貴啊！我們墨門除了傳授知識給墨者之外，還鼓勵大家學習一些必備之技能。不知道你想學習射箭還是駕駛馬車？我都可以親自教導你！其他同學也都學過這兩種技能！」

「先生！學會射箭有什麼用？學會駕駛馬車又有什麼用？」公孫龍聽了之後，趁機問道。

「學會射箭，將來可以上戰場殺敵人！學會駕駛馬車，將來可以周遊列國！當然也可以把馬車變成戰車，開去戰場殺敵人！」上官守白解釋道。

「為了周遊列國，那學生還是學駕駛馬車好了！學生對刀槍弓箭一點興趣也沒有！」公孫龍說道。

「好，那從明天開始，你就跟我學一個時辰的駕駛術，直到我滿意為止！這樣好不好？」上官守白問公孫龍道。

「一切都聽從先生的安排！」公孫龍必恭必敬地答道。

第二天起，公孫龍就開始跟上官守白學習駕駛馬車的技能。

上官守白有一輛由兩匹黃馬合拉的馬車，馬車的車廂可以容納兩個人。他教導公孫龍駕駛馬車時，站立在公孫龍身旁隨時指點他。

「駕駛馬車最基本的動作，就是要控制好轠繩，什麼時候該放，什麼時候該收，都得拿捏好。還有，要看兩匹馬的腳步是否一致，腳步一致的話才能走得平順。若是左馬走得快，右馬走得慢，或者右馬走得快，左馬走得慢，那就糟了！這個學會了以後，就要試著往崎嶇不平的道路上走走看，若能做到如履平地的話，就表示你的技術又比普通人高了一等！」上官守白向公孫龍說明駕駛馬車的一些基本要求。

「先生！駕駛兩匹馬的馬車已經很難，那，駕駛四匹馬的馬車，豈不更難了？」公孫龍問道。

「那當然啦！你想想看，要讓十六隻馬腳整齊劃一，困難度可想而知了！」上官守白笑著回答道。

稍後，公孫龍又問道：「先生，駕駛馬車時，轉彎是不是比直行要難得多？」

「的確如此！尤其是在疾馳時，遇到彎路若控制不當，很可能會翻車，那就危險了！明白嗎？」上官守白神情嚴肅地說道。

「學生明白了！」公孫龍也表情認真地回答道。

「駕駛馬車要考慮各種路況和情況。比如說，在人煙稀少的路上和人潮洶湧的大街上，駕駛的速度都會不一樣。還有就是禮節方面的問題，也該注意！」上官守白又想到了另外一些問題。

「駕駛馬車也要講究禮節？」公孫龍詫異地問道。

「那當然！步行有步行的禮節，駕車也有駕車的禮節！比方說，遇到長者時要如何站立在車廂中行禮，遇到朝廷大臣甚至國君時要如何站立在車廂中行禮，這些都可能會有用到的一天，不能不把它事先學好，免得到時候出醜就來不及了！」上官守白解釋道。

「原來如此！」公孫龍終於明白其中的道理了。

公孫龍跟上官守白學了一個月的駕車術後，他已得心應手，技術與上官守白幾乎不相上下。

「沒想到你在短短一個月的時間裡，就已學會駕駛，而且比我的技術還要好，真是令人刮目相看！」上官守白誇獎公孫龍道。

「先生過獎了！學生只不過學了點基本駕車術而已！要學習的地方還多著呢！」公孫龍聽了，隨即敬答道。

「很好！難得有謙虛的美德！」上官守白笑著說道。因為，在他記憶裡，他教過的學生還沒像公孫龍這麼謙虛的。

「先生！學生還有一個不情之請，就是，學生雖然已會駕駛馬車，但還不會騎馬，不知先生能否教教學生騎馬之術？」公孫龍向上官守白提出了一個要求。

「這有什麼問題？我馬上就教你！」上官守白答應得很爽快。

於是在上官守白細心的教導下，公孫龍只花了十天的時間就學會了騎馬。

他發現，騎馬跟駕駛馬車是不一樣的感覺。騎在馬背上，馳騁起來像飛鳥一樣暢快，而駕駛馬車則是站在車廂裡，與馬隔了一層，速度緩慢不說，也缺乏「人馬合一」的凌風感覺。但不管怎樣，這兩樣本事學會了以後，說不定對他將來的前途都會有幫助的。因此，他覺得進入墨門學習是滿有收穫的。

6・同窗起忌

葛尚賢、孫慎染、馬修身、周立儀與胡貴義五人見公孫龍深受上官守白賞識，心裡頭很不是滋味。

一天，在回家的路上，五人又開始在背後大罵公孫龍。

葛尚賢首先表達他對公孫龍的不滿。他氣呼呼地說道：「公孫龍這小子才來兩個多月的時間，就被先生當作寶似的，我真是不服氣到了極點！」

「可不是嗎？我在先生門下學習已經快滿三年了，也從來沒聽先生誇獎過我一次，先生真是太偏心了！要不是能天天看到嫣紅，我早就離開墨門了！」孫慎染也當著大家的面，說出了他心裡的話。

「我也一樣！我比公孫龍多學習了兩年，可是先生也從未誇過我一次！而公孫龍這小子，比我小了兩歲，他居然比我吃香！我真恨不得撿一坨馬糞，朝他臉上扔去！」馬修身一臉憤憤不平的樣子。

「更氣人的是，我說騎白馬是騎馬，他偏說騎白馬不是騎馬！我說一塊石頭的堅性與白性是分不開的，他偏偏要說一塊石頭的堅性與白性是彼此分離的！這哪像是我們墨者的言論！簡直就是叛徒嘛！不曉得先生為何還收留他？」周立儀想起公孫龍跟他唱反調的樣子，就一肚子的火。

「我也看公孫龍極不順眼！憑什麼先生就教他騎馬而不教我們騎馬，難道我們的聰明才智還不如他這個窮小子？再這樣下去，嫣紅可能都要被他搶去了！」

胡貴義也不喜歡公孫龍，他越想越不甘心。

「不行！絕不能讓嫣紅給她搶了去！」葛尚賢一聽，趕緊說道。

「那該怎麼辦？」孫慎染急著問道。

「既然我們五個人都喜歡嫣紅，為了公平起見，不如這樣：我們各自回家秉告父母，請他們趕快找媒婆來提親。到時由嫣紅來決定嫁給誰，決定後誰也不許再有意見，這樣好不好？」馬修身說出了他的主意。

「這個主意很好！我們就趕快回家辦喜事去吧！」周立儀說完話，就跑回家去了。其他四人見狀，也紛紛跑回家去。

7・芳心暗許

隔了幾天，上官守白家裡媒婆進進出出，十分熱鬧。

等媒婆都走了之後，上官守白對妻子孫氏說：「這幾天來替嫣紅提親的就有五家。這五家的公子都是我的學生，妳說該怎麼辦？」

「我覺得葛家的家境還不錯，嫣紅嫁過去是不會受苦的！」孫氏答道。

「不能光看家境！最重要的是看嫁的人對她好不好！如果所嫁非人，就算住華屋大廈，吃山珍海味，也不見得幸福啊！」上官守白不以為然地說道。

「可是，依我看！你收的這五位學生的人品應該都還不錯吧？要不然他們怎麼可以在墨門待這麼久？」孫氏也說道。

「光看表面是不行的！我教了他這麼多年，觀察得要比妳仔細些！先說葛尚賢吧，他這個人求學不專心，喜歡吹大話，炫耀家裡有錢。今年都二十二歲了，思想還不夠成熟！孫慎染這個人喜歡玩弄小聰明，也喜歡結交一些不三不四的朋友。馬修身呢，沒大沒小，舉止輕浮，忌妒心很強！周立儀愛說人閒話，常常為一些雞毛蒜皮的事與人爭得面紅耳赤！至於胡貴義嘛，他這個人喜歡拍人馬屁，見風轉舵，做人毫無原則！」上官守白如數家珍地把五位弟子的缺點一一指出來。

「聽你這麼一說，這五家的公子都沒一個配得上嫣紅的囉？」孫氏笑說道。

「那當然！為了女兒的終身幸福，我們做父母的千萬要替他把關哪！」上官守白語重心長地說道。

「雖然婚姻講究的是『父母之命，媒妁之言。』但我覺得還是聽聽寶貝女兒自己的意見吧！你覺得呢？」孫氏又問道。

「我也是這麼想的！」上官守白笑答道。

於是孫氏把上官嫣紅叫到跟前，對她說道：「嫣紅！俗話說得好：男大當婚，女大當嫁。妳今年也十八歲了，是該考慮終身大事的時候了！在我們這個社會，女子滿十五歲就算是成年了，如果已經許配了人家，頭髮就得盤起來插根簪子再繞上纓線，待在深閨。妳看看妳，到現在還是梳個小女孩子的髮髻，難道妳不覺得難為情嗎？」

「這有什麼好難為情的？娘！女兒永遠不出嫁，一直陪您跟爹到老，好不好？」上官嫣紅噘著櫻桃小嘴撒嬌說道。

「這是什麼話！哪有女兒不出嫁，守在爹娘身邊一輩子的？看看人家隔壁王大嬸的大女兒十五歲就出嫁了，現在已經是兩個孩子的娘了。妳可不能再這麼拖下去了！妳不怕外人說閒話，我還怕著呢！」孫氏眉頭一皺說道。

「妳娘說的極是！爹跟娘是該給妳找個婆家了！」上官守白也說道。

「最近來我們家說媒的有五位，妳大概也看到或聽到了吧！他們都是你爹的學生，年齡也都二十二歲了，家境都還不錯！不知道妳比較中意誰？別害羞，說出來！娘跟爹會替妳做主的！」孫氏笑問道。

「是啊！快告訴爹！爹跟娘會幫妳的！」上官守白也笑著問道。

「這五個人，女兒一個也不中意！長相不好不說，才學也平平，看了就讓人吃不下飯！」上官嫣紅嘟著嘴說道。

「這孩子怎麼這麼說話呢？」孫氏又皺了一下眉頭。

「這五個妳都不中意，那妳究竟中意誰？」上官守白隨即問道。

「女兒…女兒…」上官嫣紅話剛到嘴邊就不說了。

「沒關係！這裡又沒有外人，妳儘管說就是！」孫氏說道。

「那女兒說了，娘跟爹可不許取笑女兒喔！」上官嫣紅仍然一臉嬌羞可人的模樣。

「娘跟爹保證不會取笑妳！妳就快說吧！」孫氏急忙答應道。

「好！女兒說！女兒中意的是公孫龍！」上官嫣紅終於鼓足勇氣，說出了她意中人的姓名。說完，就低下頭來。

「原來是公孫龍！怪不得上次妳問起他時，我就覺得事不尋常！」上官守白一聽到「公孫龍」三個字，隨即說道。

「妳是怎麼認識公孫龍的？」孫氏很詫異地問道。

於是，上官嫣紅就把她無意間在大樹後頭偷聽到葛尚賢他們五人對公孫龍的談話，一五一十地說了出來。

「看吧！我就說葛尚賢他們人品不端正吧！竟然瞞著我去欺負公孫龍這個新生！」上官守白越說越生氣。

「公孫龍不但機智善辯，而且相貌堂堂。葛尚賢他們哪一個能跟他比！」上官嫣紅趁機說出了她對公孫龍的好印象。

「沒想到眼睛一向長在頭頂上的嫣紅終於有了她心目中的對象，這真是太陽打西邊出來了啊！」孫氏笑說道。

「娘！您就別取笑女兒了！」上官嫣紅臉頰又泛紅了。

「這就證明我們女兒是有眼光的人！」上官守白臉上也堆滿了笑容。

「那你這個當爹的就得找公孫龍這男孩來談談，看看他的意思如何，是吧？」孫氏趁機說道。

「那當然啦！而且要越快越好，免得那些媒婆三天兩頭又來煩我們了！」上官守白也同意道。

8・客廳相遇

隔天上午，上官守白藉故將葛尚賢他們五人支開，只留下公孫龍一人。

他問公孫龍說：「子秉！你今年多大了？」

「學生今年十九歲了！」公孫龍恭恭敬敬地回答道。

「十九歲？正是少年得志的年齡！不知道你訂過親沒有？」上官守白順勢問道。

「學生一心向學，尚未考慮訂婚和結婚問題。等學術有成之後，再談也不遲！」公孫龍老老實實地回答道。

「男孩十九歲娶妻，並不算早啊！孔丘先生在你這個年齡的時候，就已娶妻了！你難道不想向聖人看齊嗎？」上官守白追問道。

「據學生所知，孔丘先生出身士族家庭，家境不錯，娶妻乃輕而易舉之事。學生家境清寒，不敢有此奢望！」公孫龍解釋道。

「若是有人不嫌棄你家境清寒，願意嫁給你，跟你鳳凰于飛。你願不願意娶她？」上官守白笑問道。

「那當然願意啦！只不過誰家的姑娘肯嫁給我這個窮小子呢？該不會是又窮又醜的老姑娘吧？」公孫龍一臉疑惑地問道。

「你放心好了！保證是年輕貌美，而且談吐不俗的好姑娘！」上官守白笑著說道。

「真的？那，到底是哪家的好姑娘？」公孫龍急著問道。

「就是小女嫣紅！」上官守白終於揭開了謎底。

「嫣紅？」公孫龍一聽到「嫣紅」兩字，頓時傻住了。

「沒錯！就是小女上官嫣紅！」上官守白語氣堅定地說道。

「這…不可能吧？我不是在做夢吧？」公孫龍還是有點半信半疑。

「這當然有可能！你當然不是在做夢！」上官守白笑聲爽朗地說道。

「葛尚賢他們五位學長不是也很喜歡您的千金，最近還找了不少媒人來提親嗎？」公孫龍說道。

「確實如此！但是，小女對他們五位毫無意思，只中意你一個人！你說該怎麼辦才好？」上官守白半開玩笑地說道。

「學生…」一向口若懸河的公孫龍卻支支吾吾地說不出話來。

正在此時，一位明眸皓齒，婷婷裊裊的少女突然闖進客廳對著上官守白說道：「爹！女兒問您，是不是先要有兼愛之心，才能有非攻之念？」

上官守白一見上官嫣紅闖了進來，趕緊揮揮手，說道：「嫣紅，女孩子要懂規矩，趕快回到你自己的房間去！妳的問題，晚一點點爹再答覆妳！」

上官嫣紅一聽，只得嘟著小嘴回房去。

「不好意思！讓你見笑了！」上官守白向公孫龍致歉道。

「哪裡！哪裡！」公孫龍嘴巴一邊說，兩顆眼珠子卻一邊朝著上官嫣紅的倩影直看不已。

「這就是小女嫣紅！喜歡問東問西的一個姑娘！不曉得你對她的印象怎樣？」上官守白趁機問道。

「人長得漂亮，又懂得墨門之學，的確是難得一見的好姑娘！」公孫龍禁不住誇獎道。

「有你這句話就夠了！」上官守白終於鬆了一口氣。其實，上官嫣紅的突然出現，是經過上官守白夫婦刻意安排的。因為，只有這樣，公孫龍才能親見上官嫣紅的姿色與內涵，才能對她一往情深。否則讓女兒害單相思，卻摸不透公孫龍的心意，豈不是吃虧吃大了。

9·婚事已定

公孫龍在上官守白家裡見過上官嫣紅一面之後，就對她念念不忘，連晚上做夢時都會夢到「巧笑倩兮，美目盼兮。」的上官嫣紅；而上官嫣紅對公孫龍更是朝思暮想，飽受相思之苦。

過了幾天，上官守白又把公孫龍單獨叫到臥室裡對他說道：「子秉！你來我們墨門快三個月了，我知道你非泛泛之輩，遲早要一飛沖天的！以你的聰明才智，我看我這裡也沒什麼可教你的了！雖然我們的師生關係暫時結束，但是我希望我們還能發展出一種新的關係，你明白嗎？」

「學生當然明白！」公孫龍點了點頭。

「既然你已明白我的意思，那，我就直接了當地說好了。我準備把嫣紅的終身託付給你，不知道你願不願當這個受託之人？」上官守白帶著極其盼望的眼神問道。

「學生願意真心照顧嫣紅一輩子，請先生放心好了！」公孫龍也真心實意地回答道。

上官守白聽了，暗自為女兒高興不已。

公孫龍準備離開墨門返家時，上官守白特別安排公孫龍與上官嫣紅偷偷會面。他這麼做，目的是想讓公孫龍與嫣紅相處久一點，藉以培養難分難捨的感情，這樣公孫龍才會急著考慮迎娶嫣紅的事情。當然，這事絕不能讓葛尚賢他們知道，更不能讓謹守禮教的鄰居們知道。

上官嫣紅與公孫龍相處一陣子之後，她越來越覺得自己已經離不開公孫龍這位文質彬彬的「君子」了。

於是她急著對公孫龍說：「龍哥！你這一去就不來我們家了，萬一別人又來提親怎麼辦？你是知道的，我心中只有你一個人，你可別走了就永遠不來找我了！你知道我們女孩子是不能隨便拋頭露面的！我總不能厚著臉皮上你家請求你快來娶我吧？」

「嫣紅！你放心好了！我雖然離開了你們家，但我對妳的承諾是永遠不會改變的！很快妳就會看到一位騎著白馬的翩翩公子來妳家迎娶你這位窈窕淑女了！」公孫龍笑著說道。

上官嫣紅聽了，總算放心了。其實她心裡明白，公孫龍說騎白馬來迎娶，那是在逗著她玩的。

把對上官嫣紅的承諾當眾表明清楚之後，公孫龍就告別上官守白夫婦，回到邯鄲城內。

當公孫龍回到自己家裡時，他心想，孔子十九歲時就已娶妻，他在這方面也不該落於孔子之後吧？於是，他就把自己的心思告訴了他的父母。

他的父親公孫虎高興地說道：「好啊！龍兒！你越早結婚，我就能越早當爺爺啦！」

他的母親王氏也高興地說道：「我也可以早點抱孫子了！對了！子秉！你看上了哪家的姑娘？娘可以託人去說媒！」

「孩兒看上的是城外兼愛村上官先生的女兒！」公孫龍隨即答道。

「原來是上官先生的千金啊！」公孫虎大吃一驚道。

「她幾歲？叫什麼名字？長得什麼樣？」王氏也趕忙問道。

「她叫嫣紅！今年十八歲，人嘛，既聰明又漂亮！娘見到她，也一定會喜歡她的！」公孫龍隨即答道。

「我相信龍兒的眼光！」公孫虎趁機說道。

「她知不知道我們家的環境？」王氏又追問道。

「孩兒已經把我們的家境一五一十地告訴了她！」公孫龍答道。

「那她的反應怎麼樣？」王氏趕緊問道。

「她一點也不計較家境的貧與富，她說只要兩人能彼此相知相愛，比什麼金山銀山都珍貴！」公孫龍說道。

「不嫌貧愛富的姑娘才是好姑娘！」王氏又說道。

當天晚上，王氏跟公孫虎商量道：「看龍兒的樣子，他挺喜歡上官先生的千金！既然他們兩人已經認識又彼此中意，那就最好不過啦！」

「我也是這麼想的！只怕委屈對方了！」公孫虎說道。

「對方既然不介意我們的家境，那我們就趕快找人去提親吧，也好了了一樁心事！」王氏也說道。

「好！就照妳的意思去辦！我們公孫家馬上就要喜氣洋洋了！」公孫虎滿面春風地說道。

隔了兩天，王氏請了媒婆去上官家提親，上官守白夫婦自然一口就答應了這門婚事。因為，他們對公孫龍的印象很好，也知道嫣紅對公孫龍情有所鍾。

當葛尚賢他們知道上官守白夫婦把上官嫣紅許配給公孫龍之後，個個氣得要命。他們五人聚在一塊，開始大表不滿。

葛尚賢氣急敗壞地說道：「會咬人的狗不叫！說得一點也沒錯！別看這公孫龍平常老老實實的，原來他早就在動嫣紅的歪腦筋了！你們說是不是？」

「葛兄說得對極了！公孫龍這小子還跟我們裝糊塗，說什麼墨門的學生裡沒有女孩子！原來他是故意讓我們對他沒有戒心，這樣才好去偷雞摸狗，幹些見不得人的事！」孫慎染也跟著破口大罵道。

馬修身一聽，更是怒火中燒，他說：「公孫龍他憑什麼娶嫣紅？他家裡拿得出多少聘金？他能給嫣紅錦衣玉食嗎？嫣紅怎麼這麼傻？竟然下嫁給一位窮小子？我越想越不服氣！」

「馬兄罵得好！公孫龍這臭小子很會討女孩子喜歡，很會甜言蜜語。嫣紅一定是被他灌了什麼迷魂藥，才迷迷糊糊答應嫁給他的！否則以我的家世背景，以我個人的條件，哪會打動不了嫣紅的心的！哼！公孫龍這臭傢伙，不曉得走了什麼狗屎運了！」周立儀也跟著加入了罵人的陣營。

「我也覺得公孫龍這小子陰險極了，他表面上裝得規規矩矩的，其實背地裡早就跟嫣紅勾搭上了！都怪我太大意，要不然嫣紅早就是我枕邊人了！」胡貴義終於也忍不住把公孫龍痛罵一番了。

「現在講什麼也太遲了！我建議，為了報復先生的偏心，我們五個人從明天開始就再也不踏進上官先生家門一步！好不好？」葛尚賢忽然提議道。

「好！我贊成葛兄的提議！反正嫣紅都要嫁人了，我們再去她家上課，還有什麼意思？」孫慎染附和道。

於是五個人就各自黯然回家了。

10・初為人父

從訂婚儀式到結婚喜宴，這些繁文縟節一一辦妥之後，公孫龍終於把他最心愛的上官嫣紅娶進了家門。十個多月之後，上官嫣紅生下了一個女兒，叫做公孫彤。

「子秉！對不起！我沒為你生個兒子！」上官嫣紅帶著歉意說道。

「這有什麼關係？男孩女孩都一樣好！我一點也不在乎！」公孫龍安慰上官嫣紅道。

「可是…」上官嫣紅說話吞吞吐吐的。

「可是什麼？」公孫龍問道。

「可是，爹娘他們總希望有人傳宗接代啊！」上官嫣紅低頭說道。

「沒關係！我會跟爹娘解釋的！」公孫龍說道。

上官嫣紅聽了之後，這才放下心來。

公孫龍結婚之後，本想找份工作來做，可是，一來他不想當官，二來他對經商也沒多大興趣。於是他就幫著自己的父親去山上砍柴，有空就在家裡思考一些名辯上的問題。由於上官嫣紅家學淵源的關係，公孫龍可以跟她一起討論問題，日子也就過得恩恩愛愛、平平順順了。

上官嫣紅知道公孫龍是個胸懷大志的人，所以對他目前的工作狀況毫無怨言。而公孫龍的岳父上官守白也知道他是大器晚成之人，所以也不覺得女兒是在跟公孫龍受苦。

當公孫彤會講話也會走路之後，公孫龍就時常逗著她玩。

「彤彤！爹當馬讓你騎好不好？」

「不好！我要爹變成一匹白馬，我才肯騎上去！」公孫彤說道。

「傻孩子，爹是人，怎麼可能變成一匹白馬讓你騎呢？」站在一旁的上官嫣紅笑著說道。

「那，爹要答應我，等我長大了之後，買一匹白馬給我騎，我才肯騎在爹的背上！」公孫彤拉著公孫龍的袖子說道。

「好！爹答應妳就是了！」公孫龍笑瞇瞇地說道。

彤彤的話，不禁讓他想起了自己三歲的時候，在大街上看到白馬，硬吵著要父親長大了也買一匹給他的情形。想到這，他臉上不禁露出了苦笑。因為他心裡明白，他對女兒彤彤的承諾，也是無法兌現的。

11・思考未來

日子一天天過去，公孫龍仍然把大部分的時間用來思索名辯問題，而且樂在其中。

有一天，他到邯鄲城外探望完岳父上官守白返家時，不巧在路上遇到以前的同學葛尚賢。葛尚賢穿著華麗，看起來就像個富商。

「這不是公孫龍嗎？上官先生最得意的門生嗎？」葛尚賢一眼就認出了公孫龍。

「你是尚賢兄！」公孫龍也認出了葛尚賢。其實，公孫龍早就看出對方是葛尚賢，本想裝作不認識，避開他。但沒想到被眼尖的葛尚賢發現，他只得停下來跟葛尚賢寒暄幾句。

「想當年我們大家都想娶嫣紅，可是偏偏你小子運氣好，娶到了她，可真羨慕死我們大家了！怎麼樣？小倆口很甜蜜吧？幾個小孩啦？」葛尚賢似乎對公孫龍婚後的生活很感興趣，所以逮住機會就問道。

「嫣紅只是個普通的婦道人家，不值得羨慕！結婚後柴米油鹽過日子嘛，平平淡淡就可以了。現在我身邊只有一個女兒，才十歲大！你呢，看起來容光煥發，應該得意得很吧？」公孫龍既然躲不掉，只有照實回答道。

「我啊！娶不到嫣紅，只好奉父母之命，娶了個富商的千金，結婚後也開始學做生意。我呢，有兩個兒子，大的十歲，小的八歲，都調皮得很呢！對了，你當官了嗎？」葛尚賢說話時眉飛色舞，得意洋洋。

「沒有？」公孫龍淡淡回答道。

「怎麼不去當官呢？當官可神氣十足啊！你還記得馬修身和周立儀嗎？他們兩人都當官去了！他們的架式比我還威風百倍呢！你要見到的話，不羨慕死才怪！對了！我差點忘了問你，你這幾年都在做些什麼？」葛尚賢好奇地問道。

「沒做什麼？只是幫家父砍砍柴，挑挑柴，剩下時間就讀讀書，陪小孩子玩玩而已！」公孫龍仍然淡淡回答道。

「砍柴？挑柴？那多沒出息啊！你不是最有才學的嗎？上官先生，喔！應該說是你的岳父大人，難道不曾推薦你去做官嗎？男人既不做官又不經商，怎麼養活妻小啊？」葛尚賢邊說邊搖搖頭。

「粗茶淡飯，簡單過過就行了！」公孫龍則隨口說道。

「粗茶淡飯？這怎麼對得起嫣紅！讓嫣紅過這樣貧苦的生活，你知道我有多心疼嗎！早知這樣，嫣紅就應該嫁給我，我保證她錦衣玉食，過著像貴族一樣的富裕生活！」葛尚賢帶著惋惜甚至責備的口吻說道。

公孫龍聽了，心裡頭很不是滋味，但他還是勉強微笑地說道：「尚賢兄！謝謝你這麼關心嫣紅！我代嫣紅謝謝你了！如果沒有其他事情的話！那我先告辭了，不耽誤你經商的大事！對了，碰到馬修身和周立儀他們，麻煩你幫我問候一聲！祝他們官運亨通！」說完，就立刻跟葛尚賢分手了。

「好吧！有機會再好好聚一聚！下次記得要帶嫣紅一塊來喔！」葛尚賢也向公孫龍告別。

公孫龍走到邯鄲城門口，正想緩口氣時，忽然又有一人在他背後對他大叫道：「公孫龍！好久不見！」他轉回頭一看，原來是孫慎染在叫他。孫慎染的穿著也很體面，一看也是個富商的樣子。

「原來是慎染兄！真的好久沒見面了！近來可好？看樣子你也發大財了吧？」公孫龍隨口問道。

「發大財談不上！做點茶葉生意吧了！對了！嫣紅還好吧？嫁給你，應該過得很不錯吧？」。孫慎染帶著羨慕的語氣問道。

「托你的福，還算過得去！」公孫龍仍是淡淡的口吻。

「你可千萬要疼嫣紅啊！如果嫣紅受了什麼委屈，我第一個就饒不了你！」孫慎染開玩笑道。

「放心好了！嫣紅不會受什麼委屈的！要是沒別的事情的話，我得趕回家了！改日再談！」公孫龍說完，準備快步進入城內。

「幹嘛那麼趕？我還想多知道嫣紅的一些近況呢！老實說，我現在的妻子，怎麼比也比不上嫣紅！唉！還是你公孫龍比我有福氣，能娶到嫣紅這個如花似玉的大美人！真是羨慕死你啦！」孫慎染嘆息道。

「慎染兄太客氣了！我在這代她向你致謝了！我真的要趕回去了！」公孫龍勉強笑了一下。

「沒想到你公孫龍這麼怕嫣紅！回去遲了。她會罵你吧？」孫慎染笑說道。

「別開玩笑了！」說完，公孫龍就向孫慎染告辭了。

孫慎染本想多打聽一下上官嫣紅的近況，沒想到公孫龍這麼快就走了，他覺得很失望。

其實，公孫龍一點也不喜歡葛尚賢他們五個人，一方面是因為他們沒有真才實學，二方面是他們的品德不佳。他從未打算和他們交往，只不過基於禮貌的關係，隨便應付一下而已。他相信，以嫣紅的眼界，也不會想跟他們見面的。

回到家裡，公孫龍一直在想剛剛與葛尚賢、孫慎染在路上相遇的事情。他雖然沒有把這事告訴上官嫣紅，但他已在思考如何發揮自己的所長了。

第三章
招收弟子習名學

1・內心震驚

公孫龍快而立之年的時候，正是趙惠文王即位的第四年〔西元前 295 年〕，這一年，趙國發生了慘絕人寰的宮廷政變。

原先，趙武靈王已經立了他的長子趙章為太子，後來他又跟寵妃吳娃生下了趙何，在吳娃的慫恿下，廢除了太子章，改立趙何為新王，也就是趙惠文王。他自己則稱為「主父」，不再稱王了。

太子趙章被廢除後，由於消滅中山國有功，又被主父封為代安陽君，主父再派遣自己的親信田不禮去輔佐趙章。趙章對他的弟弟趙惠文王很不服氣，就跟田不禮串通好，等待稱王的大好時機。

主父立了趙何為新王之後，慢慢又後悔廢除長子趙章一事，於是開始同情趙章，又想在趙國代這個地方也封趙章為王，與趙惠文王平起平坐。這更助長了趙章的叛亂之志。

不久之後，主父和趙惠文王一塊到沙丘去遊覽，但卻住在不同的行宮。趙章知道這個消息之後，就聯合田不禮起兵造反，想要殺掉趙惠文王。結果被公子成率領的軍隊攻入沙丘，反而將他們倆給殺死。

在趙章被公子成軍隊追擊時，他曾逃到主父的行宮，央求主父收容他，主父一時心軟，就開門讓他進屋躲藏。公子成知道此事後，立即派兵把主父的行宮圍得水泄不通。趙章被抓到後，當場處死。公子成擔心為殺趙章而包圍主父，一旦退軍後，會被主父給殺掉。所以他就一不作二不休，將主父行宮團團圍住。然後下令行宮內的人趕緊出來，遲走出來的人將被誅殺。嚇得行宮內的人都走了出來，只剩主父一人留在行宮。此時，行宮內已無食物，主父餓了，只好到處找麻雀的幼鳥來填肚子。這樣支撐了三個多月，終於活活餓死在沙丘行宮。

這件事情慢慢傳開來後，終於遭到天下人的恥笑。公孫龍聽到這件慘案後，內心頗為震驚，心想：「為了王位，連同父異母的兄弟都要殘害，實在是被權力沖昏了頭！」因此，他對趙國的權力鬥爭感到十分厭惡。他衷心希望趙惠文王是個賢明的君主，別再讓趙國陷入政爭的漩渦中。

2・弟子三人

當公孫龍滿三十歲時，他心想：「孔丘先生三十歲時，就已經開課授徒了。而且弟子眾多，產生了極大的影響力。因此，我也應該效法他，廣招弟子，傳授絕學才是！孔丘先生傳授的重點是詩、禮，我傳授的自然與他不同，我的傳授重點就在與『名』有關的思維訓練！還是先從『白馬非馬』講起，這樣才有吸引力和號召力！嗯！就這麼辦！」於是，他把自己的構想告訴了他的父母和妻子。

他父親公孫虎很支持他的想法，對他說：「龍兒，你要招收弟子，這是件好事！一來你可以發展自己的教育事業，二來你也有一份固定收入，這不是一舉兩得的好事嗎？我跟你娘都會支持你的！」

他的妻子上官嫣紅也對他說：「子秉，我支持你開課授徒，我們家的空間，容納七、八個學生，應該不成問題的！如果你不好意思出面的話，我可以挨家挨戶去拜訪鄰居，幫你招攬學生！」

公孫龍受到父母和妻子的大力支持，終於開始了他的教育生涯。

然而，公孫龍畢竟不是孔子、墨子，他的號召力沒前兩位那麼大；再加上他從小就有「怪童」的綽號，在鄰居眼裡是個詆毀聖賢的人。鄰居深怕他們的小孩會被他教壞，因此避之唯恐不及，哪還敢將孩子親自送上公孫家門受教。因此，一年下來，在他妻子極力奔走招徠之下，他只收到三位學生。

他的第一位弟子叫綦毋軒，只有十七歲，出身小康之家，很具上進心。綦毋軒的特長是：記憶力很強。只要看過、講過的東西，都能一一記住，絲毫不差。

綦毋軒是公孫龍鄰居的小孩，家住村尾，離公孫龍家還有兩百步之遠。他也是個頗有主見的少年。他聽說孔子十五歲時就立志追求學問，自己十七歲了，也該發奮向學了。正好公孫龍的妻子來家與母親閒聊，談起公孫龍要開課授徒的事情，他就想去聽聽看公孫龍究竟講的是什麼課程，能不能吸引他的興趣，刺激他的求知欲。當他聽完公孫龍講的課之後，覺得公孫龍的思想與眾不同，常有一些奇思怪想，很能吸引一些喜歡新思潮的少年。他的父母思想開明，知道自己的小孩想拜公孫龍為老師，也就欣然答應了他。於是，他就奉上乾肉二十條，白米十斤，木柴百斤，做為求學的學費。

他的第二位弟子叫南宮仁，只有十六歲。南宮仁的特長是：很會爬樹。再高的樹都能上下自如，簡直就跟猴子一般靈活。他的手腳靈活，他的腦子更靈活，因此，口才極佳。綦毋軒跟他爭辯，十次有九次居於下風。

南宮仁之所以能認識公孫龍，就是在村外大槐樹下結緣的。

有一天，清風徐來，公孫龍帶著綦毋軒到村外大槐樹下上課。樹旁正好有一座池塘，不時傳來青蛙的叫聲。

吹了一陣涼風之後，公孫龍突然問綦毋軒：「青蛙有沒有尾巴？」

「當然沒有！」綦毋軒直覺性地回答道。

「好！那我問你！青蛙是什麼變的？」公孫龍又問道。

「是蝌蚪變的！」綦毋軒不假思索地回答道。

「那，蝌蚪有沒有尾巴？」公孫龍緊緊追問道。

「蝌蚪當然有尾巴啦！」綦毋軒毫不猶豫地回答道。

「好！聽清楚！既然青蛙是蝌蚪變的，而蝌蚪長了尾巴，那，你能說青蛙不曾有尾巴嗎？」公孫龍語氣咄咄逼人地說道。

綦毋軒頓時語塞。

公孫龍見狀，呵呵大笑道：「腦筋被淤泥堵塞了吧？你應該這麼反駁我：不對！有尾巴的叫做『蝌蚪』，沒尾巴的才叫做『青蛙』！既然叫牠『青蛙』，就表示牠已經沒有尾巴了。就好比毛毛蟲沒長翅膀，變成蝴蝶之後就長翅膀了。所以，我們不能說：『毛毛蟲有長翅膀！』是一樣的道理。」

「精彩！精彩！令人佩服之至！」公孫龍話剛講完，只聽得樹梢傳來清晰的人聲。一位青衣少年從樹梢爬了下來。

「你是…」公孫龍嚇了一跳後，隨即問道。

「我叫南宮仁，就住在前面不遠的地方！」南宮仁笑答道。

「你今年多大了？躲在樹上做什麼？」公孫龍好奇地問道。

「我今年十六歲了！躲在樹上乘涼！」南宮仁仍然笑答道。

「十六歲？孔丘先生十五歲就立志求學了！你難道不想增進自己的學問嗎？還有，這大槐樹足足有兩丈之高，你不怕摔下來摔斷手腳嗎？」公孫龍用關懷的語氣問道。

「我也很想追求學問，只是一般先生講的詩禮大道，我實在興趣不大！所以整日閒逛，無所事事！至於爬樹，我可是一流的！就連猴子都爬不過我呢！哪會摔斷手腳？」南宮仁解釋道。

公孫龍聽了，便說:「你有這個爬樹的本事，也的確出眾！只不過，男兒光會爬樹是成不了大器的！還需要拜師求學，日後才能有大成就！」

「先生說的有道理！不知我可不可以拜先生為師？」南宮仁問道。

「為何你要拜我為師？」公孫龍也問道。

「因為方才聽先生與弟子的辯論，可知先生辯才過人。而我自己也喜歡辯論這類有趣的題目！」南宮仁又解釋道。

「既然你這麼好學，那我就收你為弟子，讓你和綦毋軒一塊跟著我學習名辯之學。如何？」公孫龍問道。

「謝謝先生！」南宮仁必恭必敬地向公孫龍行了個禮。

「好！你剛才聽了我跟綦毋軒的辯論，我現在就當場考考你的辯才！」公孫龍忽然說道。

「如何考法？請先生出題？」南宮仁問道。

「我要你找出剛才那場辯論中的破綻來！」公孫龍笑著問道。

「破綻？」南宮仁帶著詫異的表情問道。

「嗯！就是我講的話裡有沒有陷阱？」公孫龍解釋道。

「陷阱？當然有啦！」南宮仁興奮地說道。

「在哪？」公孫龍追問道。

「就在先生問的『你能說青蛙不曾有尾巴嗎？』這句話上頭！」南宮仁立即回道。

「這句話裡有何陷阱？我倒要聽聽你的解釋！」公孫龍也隨即問道。

「因為，先生問的是：『青蛙有沒有尾巴？』而綦毋軒回答的是：『當然沒有！』。青蛙沒有尾巴和青蛙不曾有尾巴是有區別的！」南宮仁解釋道。

「區別在哪？」公孫龍則追問道。

「青蛙沒有尾巴指的是已從蝌蚪變成的四條腿動物，目前已無尾巴的存在。這是對的！而青蛙不曾有尾巴則指的是青蛙還是蝌蚪時就沒有長過尾巴。這就不對了！」南宮仁進一步解釋道。

「如果是你，你將如何反駁我？」公孫龍又笑著問道。

「我會這麼說：先生！我是不能說：『青蛙不曾有尾巴！』，但我能說：『青蛙沒有尾巴！』。因為，您一開頭問我的問題是『青蛙有沒有尾巴？』，而不是『青蛙曾經有過尾巴嗎？』，有沒有和曾經有過沒有的意思是有區別的！」南宮仁又做了進一步的分析給公孫龍聽。

「嗯！不錯！反駁得很有道理！」公孫龍聽了南宮仁的分析之後，不禁讚嘆道。

稍後，他對綦毋軒說：「綦毋軒！你的同學南宮仁很有辯才，你們倆有機會不妨像剛才這樣，對調主客關係，彼此相互攻防，這樣，才能增長機智善辯的能力！」

「是！學生一定遵照先生的指示！」綦毋軒恭敬回答道。

他的第三位弟子叫司馬信，只有十五歲。司馬信的特長是：力氣大，很會擔柴砍柴。他家貧，付不起學費，就幫忙公孫龍的父親砍柴來抵免學費。他砍柴的速度很快，砍柴的數量也比公孫龍的父親多了一倍。司馬信常對公孫龍說：「先生家中有事，弟子願服其勞！」

司馬信初見公孫龍的時候，跟荀子學生韓非一樣，患有口吃症，口語表達能力很差。公孫龍教導的名辯之學，最重視就是口若懸河，辯才無礙。因此，像司馬信這樣的口吃患者，是不適合當他弟子的。然而，司馬信非常仰慕公孫龍的才學，對名辯之學也有濃厚的興趣。在司馬信的苦苦哀求之下，他被司馬信的誠心感動，終於收司馬信為入室弟子，與綦毋子、南宮仁一塊跟自己學習名辯之學。

為了矯正自己的口吃症，司馬信每天都要讀「白馬非馬」這句話一百次。他剛開始時讀時，咬字結結巴巴，讓綦毋軒、南宮仁聽了，都忍不住在背後偷偷嘲笑他。

這件事讓公孫龍知道後，便私下找綦毋軒、南宮仁到自己面前說道：「你們同學司馬信有口吃症，你們不但不鼓勵他、幫助他，反而在背後嘲笑他，這樣太沒有同情心了！希望你們以後不要再有這樣的行為！」

綦毋軒、南宮仁聽了公孫龍的一番訓斥之後，面有慚色，低頭不語。從此他們再也不敢偷偷嘲笑司馬信，反而幫助他早日脫離口吃之苦。經過一年多的努力，司馬信終於克服口吃症，變得跟綦毋軒、南宮仁一樣善辯了。

3・辯士學者

有一天，三位弟子聽公孫龍講完「白馬非馬」的道理之後，都覺得很新鮮。大弟子綦毋軒首先發問道：「先生！在我們一般人的觀念裡，白馬是馬，這是理所當然的事情。那，為何先生要高唱『白馬非馬』？是否有什麼特殊的理由？」

公孫龍回答道：「綦毋同學問得好！我這麼做，基於兩個理由：第一、要引起世人的注意！就像小販要引起顧客的注意，他必須大聲吆喝一樣；學者要在百家中引人注目，也必須提出簡潔又新奇的主張，才能凸顯自身的特色！你想想看，大家都說『白馬是馬』，你也跟著說『白馬是馬』，這樣能引起世人的興趣，能吸引詫異的眼光嗎？」

「當然不行！」綦毋軒隨即答道。

「所以，我們就要另闢蹊徑或獨樹一幟，這才能吸引住眾人的眼光！而『白馬非馬』主張就很合乎這樣的條件！白馬是大家都熟悉的動物，說『白馬非馬』，又跟世俗的看法截然不同，這樣就容易引起爭辯，有爭辯才能發揮自身的辯才，展現自身的學養！否則，人云亦云，隨聲附和的話，你就很難在學界立足，更別談什麼發揚光大的理想了！大家明白嗎？」公孫龍說完，便大聲問道。

「明白了！」三位弟子同聲答道。

「明白就好！現在我要告訴你們第二個理由，那就是，你的主張能吸引人，已經成功了第一步！但是，你光有主張卻提不出支持主張的理由或道理，充其量只能吸引一時，卻不能吸引一世。那樣的話，你的風光很快就會煙消雲散！所以，你嘴巴光會說『白馬非馬』是不夠的！你得說出『白馬非馬』的道理來才能服眾！一般人都相信常識。然而，常識有時是對的，有時卻不一定對！當我們發現世俗的看法未必正確時，我們就應該出來駁斥世俗的看法。當然，這樣做，是需要冒一些風險的！比方說，世人會指責你是在標新立異或譁眾取寵，罵你是詭辯家，狡辯家，甚至因此而斷送了自己的大好前程！

公孫龍說完這話，忽然問他們道：「你們有沒有見過三隻腳的雞？」

「沒有！」三位弟子一起搖搖頭說道。

「我六歲時就親眼見過而且還養過三隻腳的雞！別人說三腳雞不吉利，我偏不信邪！任憑別人怎麼嘲笑我，我也不怕世俗的異樣眼光！」

「怎麼樣？大家聽了是不是有點害怕？不敢當我的弟子了？」公孫龍說完，用半開玩笑的口吻問三位弟子道。

「學生跟定先生了！才不在乎世俗的異樣眼光呢！」綦毋軒首先表達了他的態度。緊接著南宮仁與司馬信也紛紛表達了同樣的態度。

公孫龍笑了笑說道：「我們平常找的一些辯論題目，幾乎都是與世俗唱反調的。我們平常練習這些題目，可以讓我們明瞭事物的複雜萬端。這些題目確實很能吸引世人注目，展現自身辯才。然而，辯論只是引導你們探究名辯之學的一種手段罷了，如果不能朝更深的學理去鑽研的話，那充其量也只是個能言善辯的辯士，而無法成為研究名辯之學的學者了。」

4·說辯異同

隔了幾天，綦毋軒突然問公孫龍說：「先生！遊說與辯論有差別嗎？張儀先生與蘇秦先生究竟是說客還是辯士？」

「嗯！這個問題問得好！其實，遊說與辯論可說是同中有異，異中有同的言談活動。」公孫龍回答道。

「同中有異？異中有同？學生不明白，請先生明示！」綦毋軒又問道。

「好！我解釋給你們三位聽！你們聽好了！單純的遊說跟辯論是扯不上關係的！」公孫龍隨即說道。

「先生！什麼是單純的遊說？」南宮仁忍不住問道。

「所謂單純的遊說，指的就是說客在進行規勸活動或建言時，國君完全接受了他的說法，並無表示反對或不同意的意思。」公孫龍解釋道。

「我知道！好比我對先生說：『白馬是馬。』先生點點頭或者回答說：『我也同意你的看法！』這就是單純的遊說！對不對？」司馬信插嘴道。

「司馬信講得極好！反過來說，如果司馬信說：『白馬是馬。』而我卻說：『白馬非馬。』這就叫做辯論！換言之，遊說活動變得複雜了，變成兩個不同的立場了。當然啦！嚴格講起來，一個只說：『白馬是馬。』，另一個也只說：『白馬非馬。』，只能算是爭辯，還談不上是辯論。」公孫龍立即說道。

「為什麼？」司馬信又問道。

「因為，他們只有主張，並沒有支持主張的論述！換言之，他們並沒有陳述出『白馬是馬。』和『白馬非馬。』的論點來。光這樣八個字不停地辯下去，是毫無意義的！因為別人不知道他們這麼說，究竟是無理取鬧的意氣之爭，還是站得住腳的據理力爭！明白了嗎？」公孫龍進一步解釋道。

「學生明白了！」司馬信點頭說道。

「那，張儀先生與蘇秦先生應該是說客而非辯士了！對嗎？」綦毋軒又問道。

「那也不一定！要看情況來論！如果國君都接受他的意見，那他就是說客。如果國君或大臣不接受他的意見，與他爭論起來，而他又不斷地維護自己的主張，與國君或大臣針鋒相對。那他就成了辯士。所以，說客與辯士這兩個腳色是不衝突的，一個人可以是說客，也可以是辯士！當然！有人擅長做說客！有人則擅長做辯士！這是很自然的事情！」公孫龍又補充道。

「對了！先生！遊說與辯論異中有同的地方又在哪裡？」南宮仁忽然問道。

「就在於，辯論本身的目的就是要說服對方放棄他們的立場，接受我方的立場。只不過，要達成這樣的目的並不容易！通常都是雙方各執己見，互不相讓。也就是說，你改變不了他的立場，反過來，他也改變不了你的立場！一場辯論下來，往往是各自守住自己的陣營罷了。事實上，要做到讓人心服口服，的確不是一件容易的事啊！」公孫龍說完，於是長嘆了一聲。

「照先生這麼說，這世界上沒有辯論活動，是不太可能的囉？」綦毋軒趁機問道。

「那當然！除非每一個人的立場或觀點都完全一致！你們說，有可能嗎？」公孫龍笑著問道。

「不太可能！」三位弟子同聲答道。

5・人性論戰

為了磨練弟子的辯才，公孫龍還特別舉孟子與告子的一場人性論戰作為例子。舉完例子，他問三位弟子：「告不害先生用水性來比喻人性，得出的結論是：人性的不分善和不善，就像水的不分東西一樣。孟軻先生當場就反對他的看法。不知大家同不同意他的看法？」

「綦毋子！我想先聽聽你的意見！」公孫龍望著綦毋軒說道。

「學生不同意告不害先生的比喻！」綦毋軒立刻說道。

「為什麼？」公孫龍問道。

「因為，用水性跟人性相比，有點比喻不當！」綦毋軒答道。

「不當之處在哪裡？」公孫龍追問道。

「水性屬於物理範疇，人性則屬於倫理範疇。範疇不同，自然不可互做比較！」綦毋軒解釋道。

「嗯！說得有道理！南宮仁！現在該你來表達意見了！」公孫龍又望著南宮仁說道。

「學生認為告不害先生的比喻固然欠妥！孟軻先生把人性的自然向善比做水性的向低處流動，也比喻不當！」南宮仁說道。

「哦？真的嗎？我倒要聽聽看你的說法！」公孫龍問道。

「水往低處流是地理條件造成的，而人的向不向善則是心理條件造成的。兩者毫無關係，根本就不能拿來相比！因此，學生認為兩位前輩都被水這種物體給蒙蔽了！」南宮仁壯著膽子解釋道。

「嗯！南宮仁！你很有勇氣！敢向前輩挑戰！好！現在該聽聽司馬信的意見了！司馬信！你講的可別跟他們重複喔！」公孫龍嘉許完南宮仁之後又說道。

「學生也認為用水性來比喻人性是徒勞無功的！因為人性的『性』跟水性的『性』字，雖然字相同，可是涵義卻大為不同。人殺了人是件壞事情，要被判刑；可是，水淹死人，難道我們要譴責水是『壞水』，將水也繩之以法嗎？由此可見，用水性來比喻人性是行不通的！」司馬信侃侃而談。

「說得好！說得好！」公孫龍聽了，終於露出滿意的笑容。

「請問先生，既然用水性比喻人性並不恰當。那該用何種東西來比喻人性呢？學生聽說前輩惠施先生善用比喻，不用比喻就無法暢談問題。這麼說來，談人性也非用比喻不可了，是嗎？」綦毋軒趁機提出了一個問題。

「問得好！我要告訴大家的是，用什麼東西來比喻人性都不適合！或許，人性是最不適合用比喻來談得一個抽象概念！也是最難有共識的一個辯論主題！所以，我從來不去觸碰它，我只碰碰白馬、碰碰白石頭，碰碰三腳雞，順便宣揚「兼愛非攻」的具體主張就夠了。」公孫龍又半開玩笑地回答道。

三位弟子一聽，也都笑了起來。

6・名實訓練

公孫龍除了不斷磨練弟子的辯才之外，還特別增加了一項墨門所沒有的名實訓練。而這種訓練則是一種就地取材的戶外教學，目的是將深奧的名實問題做深入淺出的解說。

「綦毋軒！把你的右手伸出來！」有一天，公孫龍對著綦毋軒大叫道。

綦毋軒聽了之後，有點猶豫不決。因為，他不知道公孫龍要他伸出手來的用意何在。

「別怕！不是要砍斷你的手！也不是要綁你的手！只是玩個小遊戲罷了！」公孫龍見狀，於是笑著說道。

綦毋軒這才將自己的右手慢慢伸了出來。

「你摸摸竹簡上這個『狗』字，看它會不會咬你！」公孫龍手上拿著一枚竹簡說道。

「不會！」綦毋軒摸完之後斬釘截鐵地回答道。

「不會是吧？好！南宮仁！換你把你的右手伸出來！」公孫龍對著南宮仁說道。

南宮仁聽了，立即伸出了自己的右手。

「你摸摸竹簡上這個『蛇』字，看它會不會咬你！」公孫龍手上又拿著一枚竹簡說道。

「不會！」南宮仁摸完之後也毫不考慮地回答道。

「好！輪到司馬信了！」公孫龍望著司馬信說道。

司馬信還沒等公孫龍講完，立刻把自己的右手伸了出來。

「誰叫你伸出右手來？」公孫龍見狀，隨即問道。

司馬信一聽，趕緊把右手放下，伸出左手來。

「左手也放下！」公孫龍又說道。

於是，司馬信立即將左手放下。

「現在，把你的鼻子湊上來！」公孫龍說完，又拿了一枚竹簡出來，在司馬信面前晃著。

司馬信只好伸出脖子，把鼻子湊上去。

「聞聞看這個『花』字，看它有沒有香味！」公孫龍緊接著告訴司馬信。

「沒有香味！」司馬信聞完之後也不假思索地回答道。

「真的沒有？要不要再聞一次？」公孫龍笑著問道。

「不用聞了！確定沒有香味！」司馬信語氣堅決地回答道。

「好！司馬信說得一點也沒錯！『花』這個字，是沒有香味！因為它不是真正的花！真正的花才會有香味，你用鼻子一聞，馬上就可聞出來！同樣，『狗』這個字，它不會咬人！

要真正的狗才會咬人！『蛇』這個字，它也不會咬人！要真正的蛇才會咬人！這就是『名』跟『實』之間的最大差異！你們明白了嗎？」

「明白！」三人一致回答道。

「既然都明白了！那麼，綦毋軒，你趕緊去巷口找隻野狗來摸摸看！南宮仁，你趕緊去草地上抓條蛇來摸摸看！司馬信，你也趕緊去花園找朵花來聞聞看！」公孫龍突然分配每人一個去尋找「實」或「物」的任務。

司馬信一聽，立即往花園跑去。綦毋軒與南宮仁則站在原地不動。

「司馬信都走了，你們倆為何還站在這？」公孫龍笑著問道。

「摸野狗很危險！萬一被咬了怎麼辦？」綦毋軒皺著眉頭說道。

「是啊！被蛇咬到更危險呢！」南宮仁也一臉恐懼的樣子。

公孫龍聽了之後，於是呵呵大笑道：「我只是逗著你們玩的！哪會真讓你們去摸狗抓蛇？萬一被咬了，我怎麼跟你們父母交代？」

正當公孫龍在安撫兩位弟子時，忽然看到司馬信匆匆跑了過來，額頭上似乎起了個大包。

「怎麼回事？司馬信？」公孫龍急忙問道。

「先生剛才要學生去花園找朵花來聞聞，學生馬上就去了花園一趟。誰知不小心被蜜蜂螫了一下，額頭上便起了個大包。」司馬信邊說邊摸著額頭。

「還好不是毒蜂，否則就麻煩了！」公孫龍帶著歉意說道。

「對了！我剛才拿錯了竹簡，我應該拿這個寫著『蜂』字的竹簡給你就好了！這樣你跟他們一樣，就不用去找真的蜜蜂，也就不會被螫了個大包了！」公孫龍邊說，邊拿出一枚寫著『蜂』字的竹簡給司馬信看。

司馬信看了，臉上露出一絲苦笑。

公孫龍趁機說道：「司馬信！你現在看到『蜂』這個字，還會不會害怕？」

「當然不會！」司馬信答得很乾脆。

「為什麼？」公孫龍追問道。

「因為它不是真正的蜜蜂！真正的蜜蜂才會螫人！」司馬信解釋道。

「對！這就是我要的答案！」公孫龍說道。

這時站在一旁的綦毋軒趁機問道：「先生！如果我們在一枚竹簡上寫上『竹簡』兩個字，那，我們摸到的究竟是『竹簡』兩個字，還是竹簡本身？」

「綦毋同學！你這個問題問得太好了！我可以這麼告訴你，如果你摸的是正面的話，你既能摸到『竹簡』兩個字，也能摸到竹簡本身！若是你只摸反面的話，那你當然摸不到『竹簡』兩個字，只能摸到竹簡本身了！不曉得我的回答，能不能讓你滿意？」公孫龍說道。

「學生當然滿意了！」綦毋軒隨即回答道。

「好！大家有空不妨多多留意名與實之間的差異！這對我們洞察言意問題是很有幫助的！」公孫龍也囑咐道。

「那，學生額頭上的包包怎麼辦？」司馬信急著問道。

「別著急！我家有專治蜂螫的藥酒，回去拿給你抹一下就沒事了！」公孫龍也隨即說道。

7・另謀出路

公孫龍雖然收了三位弟子，但在三位弟子當中，除了綦毋軒的家境稍微好一點之外，其餘兩位弟子都出身貧寒家庭，一位繳不起學費，另一位則只出得起一束乾肉。這樣的收入，對他來說是不敷家用的。

因此，他時常幻想自己能像孔子一樣，有七十二位高足。若能那樣的話，學費收入必定暴增，父母妻女也都能過上舒適的日子。然而，教了一年之後，弟子人數卻沒有增加，依舊是綦毋軒、南宮仁、司馬信三人而已。

「難道我公孫龍注定只能有三位學生嗎？難道我的聲望就這麼低嗎？要不然為何不讓我像孟軻先生一樣有好幾百位學生呢？」公孫龍不斷皺著眉頭在思索這個問題。

公孫龍的妻子上官嫣紅早已看出公孫龍的煩惱。一天，她趁屋內只剩她與公孫龍兩人時，對公孫龍說道：「子秉！當初我嫁給你，是因為看中你獨特的思想和才華，而不在意你家是否富有！如今你只收了三位弟子，收入雖然不很多，但日子也還過得去，只要你自己覺得教學生能給你帶來莫大的快樂就好了，不必為柴米油鹽去做無謂的煩惱！」

公孫龍聽了上官嫣紅的一番話，心裡頭頗有感觸，於是說道：「嫣紅！我們結婚都十年了！自妳嫁到我們家以來，任勞任怨，對爹娘孝順，一點也不嫌棄我們這個貧寒的家庭，真是一位賢慧能幹的妻子！雖然妳能耐得住貧窮，願意跟我過苦日子，可是，身為一位男人，身為妳的丈夫，我卻不能這麼自私，讓妳跟我苦一輩子！這樣，對妳是不公平的！」

「子秉！夫妻本來就應該同甘共苦！你不必為這事耿耿於懷！」上官嫣紅安慰公孫龍道。

「嫣紅！謝謝妳能這麼體諒我！不過，我已下了決心，如果學生還是這麼少的話，我就得另謀出路了！」公孫龍黯然說道。

「好吧！那就再等三個月看吧！到時還是老樣子的話，你要做什麼我都依你就是了！」上官嫣紅說道。

公孫龍聽了，於是點點頭。他心想：「我不奢求！只希望這三個月內，能再招到三位學生就好了！要是能來三十位，那更謝天謝地了！」

三個月很快就到了，可是，學生人數連半個也未增加。於是，公孫龍就開始了他另謀出路的打算。

一天上午，公孫龍帶著三位弟子往大街上行走時，突然遇到一輛由四匹白馬合拉的華車經過，車上站著一位身穿朝服，風度翩翩的公子，他正手持韁繩，駕馭著四匹高壯的白馬。街上的行人一見到這位公子，便指指點點道：

「他就是大名鼎鼎的平原君！」

「他慷慨得很呢！供養了好幾千位門客呢！」

「投效他，吃住都沒問題啦！」

這些話都深印在公孫龍的腦海中。他望著平原君的車影，心裡頭有一種說不出來的滋味。回到家裡，他心想：「我現在收三位學生，既賺不了大錢，也談不上影響力。這樣下去，總不是辦法！我這條龍不能一直困在淺水池中，我要飛出去，翱翔在九霄。而目前能幫我完成夢想的人，大概只有平原君了。我看我不如追隨平原君好了！」

他把自己的想法先告訴妻子上官嫣紅，上官嫣紅聽了，就對他說道：「子秉！我贊同你的想法，你是該找個地方好好去發揮了！整天待在家裏頭，實在是埋沒了你的才學。不過…」

「不過什麼，嫣紅妳快說就是了！」公孫龍焦急地說道。

「不過，你還是得好好打聽一下平原君的為人！萬一他是個剛愎自用或昏庸無能的人，你豈不投錯了對象，白白浪費你的才華和時間！」上官嫣紅解釋道。

「嫣紅，你放心好了！我會打聽清楚後再行動的！」公孫龍說道。

「對了！子秉！如果你真的當了平原君的門客，那你的三位學生怎麼辦？你考慮過了沒有？他們可是十分尊敬你的！你不會丟下他們不管吧？」上官嫣紅提醒公孫龍。

「嫣紅！其實這個問題，我也仔細考慮過了！我完全尊重他們三人的意見！如果他們願意隨我一塊去平原君府，我就帶他們一塊去！要是他們不想去的話，我也不勉強他們！就請他們另尋名師吧！這樣總可以了吧？」公孫龍說道。

「嗯！你的考慮很周詳！我也是這麼想的！」上官嫣紅聽了，點了點頭。

於是公孫龍便四處打聽平原君的為人，作為他投效與否的參考。

打聽了半個月，他得到的訊息是：平原君是位值得投效的公子。在趙國，找不到比平原君更禮賢下士的公子了。消息一確定之後，他就準備前往平原君府去當門客了。

他把這個想法告訴了他的父母，他的父母也都贊同他的規劃。

他的父親公孫虎還對他說：「龍兒，你的想法很對！跟著平原君，你的才學方能展現出來。那怕你不想當官，只當他的門客，替他分憂獻策，也是容易出人頭地的！你就別再猶豫不決了！」

公孫虎的一番話，更加深了他投效平原君的決心。

第四章
離趙至燕倡偃兵

1・等待良機

當趙武靈王死後，由年幼的惠文王即位，封公子勝為平原君。當時，楚國有春申君，魏國有信陵君，齊國有孟嘗君，並稱「四大公子」。他們為了厚植自身的政治勢力，因此延攬天下才士，為他們獻計納策。有些公子納養的門客竟有三千人之多。

公孫龍不是貴族子弟，他想要地位尊榮，唯一的捷徑就是去當平原君的賓客。然而，平原君的門客也有好幾千人，想要讓平原君禮遇自己，並不是一件容易的事情。更何況，以他的個性，要他用諂媚逢迎的手段來親近平原君，他是寧可餓死，也不會這麼做的。

當他的三位弟子問他為何要投效平原君時，他告訴他們：「我不是貴族子弟！你們三人也都不是！我家的狀況，你們應該很了解。你們跟著我，是不會有什麼好前途的。現在，平原君是大王的親戚，他廣納人才，供給吃住。生活條件比我們要好得多。最重要的是，身居他門下，才有一展所長的機會。因此，我決定去投效他！如果你們願意的話，我可以帶你們一道去，讓你們也見見世面！好不好？當然！如果你們不想去的話，我也尊重你們各自的決定！」

三位弟子一聽，都說：「弟子願意終身追隨先生！先生到哪去，弟子就到哪去！絕無反悔！」

於是，公孫龍就帶領著三位弟子前往平原君府充當門客。由於平原君的門客太多，平原君並非每位都親自接見，大多數時候都由府裡的管事負責接待與提供食宿。因此，平原君並不認識公孫龍與他的三位弟子。

平原君府與孟嘗君府一樣，都是個龍蛇混雜的地方。公孫龍與他的三位弟子處在這樣一個複雜的環境裡，每天都可看到一些奇人奇事。而且這是一個消息交換中心，更可以聽到各國的最新政治動態與社會民情。這些因素使得他們師徒四人也就留了下來。由於他們四人不是遠道而來或無家可歸的門客，因此，他們用不著住館舍，每天可以回家就寢。

「先生！我們來平原君府也快一年多了，可是至今尚未與平原君會面，這樣將如何一展所長呢？」綦毋軒忍不住問道。

「是啊！平原君的門客太多了，他哪裡會留意到我們幾個人？」南宮仁也搖搖頭說道。

「他不來找我們，我們去找他總可以吧？這樣耗著，終究不是辦法！」司馬信跟著說道。

公孫龍見三位弟子這麼焦急，便勸勉道：「大家稍安勿躁！平原君是個大忙人，每天要處理的政務、要接見的貴賓不計其數，如果我們去煩他，只會增加他對我們的壞印象，那就不好了！不如我們慢慢等著，只要機會一到，自然就可展現自己的本領了！大家說好不好？」

三位弟子聽了之後，都點點頭，表示同意。

2・大失所望

平原君家的樓房能夠俯瞰平民的住家。在平民的住家中有一位跛子。有一天，這位跛子拖著蹣跚的腳步去打水。平原君家裡頭住了個美人，她從樓上看到跛子走路一拐一拐的樣子，覺得很有趣，於是就大聲笑了起來。偏偏她的笑聲被跛子給聽到了，跛子心裡頭非常不舒服。

第二天，這位跛子前來平原君家，要求面見平原君。平原君問他來意，只見他憤恨不平地說道：「我聽說您非常喜愛才士，那些才士不遠千里而來，依附在您的門下，原因就是因為您看重他們，禮遇他們，從不把寵妾的地位看得比他們還要高的緣故。我不幸患了彎腰駝背的毛病，鄰居見了我都會同情我，而您後宮有位美人，在樓上看到我拖著蹣跚的腳步去打水的模樣，竟然在樓上大笑了起來！這實在是太沒有同情心、太失禮的舉動！因此，我要向您索取那位美人的人頭！」

平原君聽了跛子的一番怨言後，笑著答應道：「沒問題，我會把她的人頭交給你的！」

等那位跛子走了之後，平原君又竊笑道：「天下竟有這等事情！這小子只因為大笑幾聲，就要殺掉我心愛的美人，真是豈有此理！」因此，他並沒有遵守諾言，把美人殺掉。

過了一年多的時間，平原君門下的賓客，幾乎有一半以上的人漸漸離他而去。他察覺這個現象之後，心裡頭非常納悶，就在廳堂大聲說道：「我趙勝捫心自問，我對待大家，從來沒有失禮的地方，可是，為什麼有將近一半的人要離我而去呢？」

這時，有位林姓門客對平原君說道：「大概是春申君、信陵君和孟嘗君他們給門客的待遇比較優渥吧！聽說門客要魚有魚吃，要車有車坐，要綢緞有綢緞穿！連鞋子上都鑲滿了珠玉！」

「你胡說！根本不是這麼回事！」另外一位陳姓門客立即上前駁斥道。

「好！你說說看，事情的真正原因是什麼？」平原君向這位陳姓門客問道。

「這是因為您不守信用的緣故！」陳姓門客趁機答道。

「我趙勝何時不守信用過？」平原君聽得一頭霧水。

「您大概貴人多忘吧！因為您沒把嘲笑跛子的那位美人給殺掉，讓大家認為您只寵愛美人，卻輕視才士。大家對您非常失望，所以就一個個的走掉了。因此，眼前您只有殺掉您心愛的美人，才能找回流失的才士！」陳姓門客說道。

陳姓門客剛說完，又有一位門客大聲說道：「我反對這種做法！」

「先生是…」平原君問道。

「我叫公孫龍，來您門下也快一年多了！」公孫龍說道。

「先生為何反對我殺掉美人？」平原君不解。

「道理很簡單！嘲笑跛子固然是失禮之舉，但罪不致死，請您的寵妾親自上跛子家謝罪即可，何須人頭落地，殘害性命？您應當要有兼愛天下之心才是！」公孫龍解釋道。

陳姓門客一聽，趕緊對平原君說道：「不成！您既然答應要砍寵妾的人頭，就不能食言，否則您將威信掃地，才士會走掉得更多！到時就會貽笑天下了！從前，大兵法家孫武先生以吳王闔閭宮中的美女為練兵對象，美女嘻笑，不聽指揮，結果孫武先生下令要斬殺吳王的兩位寵妃。吳王看見後，急忙派人傳話給孫武先生，希望他能手下留情。結果，孫武還是把那兩位寵妃給斬首了。從此將令兵遵，吳國的軍隊也就日益強大了！」

平原君聽了陳姓門客的話，心中十分著急，便說：「你的話頗有道理！」

公孫龍則在一旁疾呼道：「千萬別聽信他的歪理！您既不是兵法家孫武先生，您的那位寵妾也不是接受訓練的士兵！豈可跟孫武先生斬殺吳王寵妾的事情混為一談？您千萬要三思才是！」

然而，平原君卻不理會公孫龍的規勸，立即下令把嘲笑跛子的那位寵妾的頭給砍掉，然後親自拎著人頭上跛子家，當面向他謝罪。

不久之後，原來離他而去的那些才士，又紛紛返回他的門下。他非常高興，立即賞賜陳姓門客二百兩黃金。

公孫龍知道此事之後，內心非常失望。他心中暗想：「這些門客為何如此狠心？非要人頭落地不可？他們的觀念太偏差了！我再也無法跟這般門客在一塊相處了！」於是，他便默默地離開了平原君府。當然，公孫龍一走，他的三個弟子也都跟著他走了。

平原君對公孫龍的印象並不深，而且他又十分在意門客的流失，因為，他是個很要面子的人，他不能輸給春申君、信陵君和孟嘗君他們三位公子。所以，公孫龍的離去，對他沒有半點損失，他心裡頭一點也不在意。

3．準備遊燕

公孫龍離開平原君府之後，心中便盤算著下一個投效的對象。

他心裡明白，在趙國，除了平原君之外，很難再找到第二位像平原君一樣的好客公子。如果真的無法在趙國立足，那他只有離開趙國，往國外去遊歷、去發展了。

在當前七個大國裡，秦國雖然稱得上是「萬乘之國」，但秦昭王重視富國強兵之道，對山東六國的征伐野心也從未間斷過。因此，無論如何，他都不會去投效秦昭王的。楚國雖有春申君這樣的賢公子，但楚國在南方，路途遙遠，需要長途跋涉，這也不太方便。更何況，他不希望離父母太遠。魏國有信陵君，齊國有孟嘗君，都是愛才之人，也許可以投效他們去。當然，韓國與燕國也在他的考慮之中。

正當公孫龍舉棋不定之時，一天，他的大弟子綦毋軒跑來告訴他說：「學生得到消息，說燕昭王求才若渴，正在延攬天下才士，對才士禮遇有加！先生何不考慮往燕國一遊？說不定在燕國能一展所長呢！」

「嗯！如果真是這樣的話，我倒可以考慮考慮往燕國走一趟！反正燕國離趙國並不遠！」公孫龍點頭說道。於是，他開始了離趙至燕的準備工作。

公孫龍要離開趙國，首先要考慮的是他的父母，其次就是他的妻子和女兒。他的父母已經五十多歲。他的妻子上官嫣紅也將近三十歲，女兒公孫彤才十一歲大。他把自己要遠遊的構想告訴了他的父母和妻子。出乎意料的，他的父母和妻子都贊同他出國遊歷。

他父親對他說：「龍兒，男兒志在四方！你儘管遠遊就是了！我跟你娘身體都很硬朗，你用不著操心！咱們是窮人家，爹娘都沒讀過書，就指望你光宗耀祖呢！你一定要爭氣啊！」

他妻子也對他說：「子秉，男人不比女人，你放心去燕國發展好了！爹娘跟萱兒我會好好照顧的！」

他的女兒公孫彤一聽說他要出國遠遊，高興得拍手道：「太好了！爹要出國遠遊了，我也要跟爹一塊去！」

「彤彤！別胡鬧了！爹是去做大事的！不是去玩的！妳是女孩子，就應該老老實實待在家裡，等爹回來吧！」上官嫣紅說道。

「為什麼女孩子就不能出國遠遊？這不公平！我一定要跟爹一塊出國去！」公孫彤嘟著小嘴說道。

「沒有為什麼！不能去就是不能去！聽話！」上官嫣紅變容說道。

「好！不去就不去！可是，爹回來時一定要記得買新的衣裳給我喔！」公孫彤仍然嘟著小嘴說道。

「沒問題！爹一定會買許多漂亮的衣裳給彤兒穿的！」公孫龍笑著哄她道。

其實，在戰國時代，只有男子才有追求學問，周遊列國的權利，女子只能待在家裡相夫教子，讀書與遠遊都是遙不可及的事情。孔子、孟子周遊列國時，隨行的都是弟子，而非家眷。公孫龍即使想帶著妻女一塊去遠遊，也是不被允許的事情。何況，當時戰爭頻繁，帶著妻女反而更不安全。因此，當他聽了父親和妻子的話之後，心裡的那塊大石頭也就放了下來。

公孫龍已有三位弟子，這次去燕國遊歷，他是會讓他們三人隨行的。他也知道，孟子周遊列國時，車馬浩浩蕩蕩，隨行弟子也有好幾百人。跟孟子比起來，他的聲勢簡直太小了，不但沒有車隊，就連隨行弟子也只有區區三人而已。不過，他已想通了，聲勢再浩大，意見不被國君接納，也是徒勞無功的。

公孫龍收弟子有他自己的篩選標準，因此他的弟子人數跟孔子比起來差了十萬八千里，即使跟孟子比起來，也十分懸殊。

4・歐陽奇技

他曾經公開對弟子們說過：「一個人如果身上連一技之長都沒有的話，我是不會收他當弟子的！他也休想叫我一聲『先生』！」

某天，一位穿著破爛衣裳的少年來見公孫龍。他說：「晚生歐陽嘯非常仰慕先生的奇思異學，不知道先生能不能收我為弟子？」

「你今年多大？有什麼本事沒有？」公孫龍隨即問道。

「晚生今年十九歲！晚生的呼叫聲很大，一里之外的人都能聽得到！」歐陽嘯畢恭畢敬答道。

其他三位弟子一聽，都偷偷抿嘴在笑。

公孫龍見狀，便說：「有什麼好笑的！你們當中有誰能夠把呼叫聲傳到一里之外的？」

大家你看我，我看你後，都搖搖頭說道：「沒有人能辦得到！」

「那好！我就收歐陽嘯為弟子！從今以後，他就是你們的同學了！」公孫龍指著歐陽嘯對大家說。

歐陽嘯也是貧戶出身，他很想學習新的學問，但一來家裡窮得付不起學費，二來他心目中的老師是既年輕又有新觀念的人。當他知道離家不遠有位公孫龍先生就是這樣的人物之後，他就決定前來拜師。當然，公孫龍深入了解他的家境後，就連最低的十條乾肉也都免繳了。

為了考驗歐陽嘯的機智與辯才，公孫龍當著三位弟子的面，問他道：「歐陽嘯！狗可以叫做『羊』嗎？」

「當然可以！」歐陽嘯隨即答道。

「說出理由！」公孫龍追問道。

「因為動物本來就沒有名稱的，如果我們一開始把那個會汪汪叫的動物叫做『羊』的話，那麼，狗自然可以叫做『羊』了。誰規定狗生下來就非叫『狗』不可？」歐陽嘯隨解釋道。

「嗯！是有點道理！不過，你敢在大庭廣眾面前把汪汪叫的動物叫做『羊』嗎？你不怕別人笑你是瘋子嗎？」公孫龍又問道。

「不怕！因為我的目的只是在提醒大家：別忘了沒有語言之前的狀態！那時候，你恐怕只能用手指來指出你看見的動物了！」歐陽嘯說道。

「好！你們大家聽好！在一般人的眼裡，狗叫做『狗』，羊叫做『羊』，兩者絕對不可混淆！但是如果你的看法卻與常識牴觸，這就註定要引起爭辯！如果你不在乎別人的議論，你就放膽去說出你的看法！但要記住一點的是，別人的看法也未必全錯！很多爭論只不過是定義不同、觀點不同的結果罷了！正因為如此，辯士才有生存的空間！」公孫龍再度提醒他們應該注意的事項。

過了五天之後，公孫龍帶領弟子準備去遊說燕昭王。他們一行五人走到黃河邊上時，才發現渡船已經停在黃河的對岸。

綦毋軒、南宮仁與司馬信紛紛招手呼叫船夫，但是由於兩岸距離太遠，船夫卻始終聽不到他們的叫聲。

這時，公孫龍想起了那位擅長呼叫的新收弟子歐陽嘯，便對他說：「歐陽同學，是你發揮所長的時候了！你可別說你喉嚨在痛或嗓子已啞！」

歐陽嘯聽了之後，隨即朝對岸高呼道：「唉！船夫！這邊有人要搭船！」剛剛呼完，對岸的船夫就把渡船駛了過來。

公孫龍見狀，笑著說道：「看吧！我的眼光不錯吧！歐陽同學的呼叫本事，有沒有人不服氣的？」

「沒有！」大家異口同聲答道。

於是公孫龍就帶著四位弟子登船往燕國方向而去。

5・獵得善言

公孫龍要投效的燕昭王，是在燕國被齊國打敗之後即位的君王。他積極禮賢下士，目的就是在雪恥報仇，早日消滅齊國。

他曾對燕國賢臣郭隗說過：「齊國乘著燕國國內混亂不堪的時候，襲擊打敗我國。這是寡人莫大的恥辱。寡人非常清楚，以燕國目前的實力，根本就沒有報仇的可能！但是，如果有賢能之人願意和寡人共同治理國家，洗刷先王所受的恥辱，這確實是寡人日夜盼望的事情。先生要是願意和寡人一塊來達成此一目標的話，寡人必定會恭恭敬敬親自侍奉您的。」

郭隗聽了之後，立即說道：「大王如果一定要廣招賢士的話，不妨先從我郭槐身上著手。試想，連我郭槐都願意為您效命，那些遠在千里之外，比我郭槐還要賢能的人，會不馬上從迢迢之遠的地方日夜兼程趕來燕國嗎？」

於是燕昭王替郭隗蓋了一棟美奐美崙的高臺，並以對待老師的禮節親自侍奉他。消息一傳開來，樂毅從魏國趕往燕宮，鄒衍由齊國趕往燕宮，劇辛自趙國趕往燕宮，天下才士都紛紛奔赴燕國，期待燕昭王能重用他們。

燕昭王一方面廣納賢士，一方面體恤百姓。只要百姓家中有喪事，他必定派專人去弔祭死者，慰問孤兒，與百姓同甘共苦，打成一片。

燕昭王二十八年〔西元前 283 年〕春天，公孫龍到了燕國國都薊城謁見燕昭王。燕昭王知道他是從趙國來的客卿，對他特別禮遇。他為了博取燕昭王的信任，宣揚兼愛非攻思想，任何重要活動他都不放棄參加的機會。

有一次，燕昭王外出打獵，公孫龍還特別為燕昭王駕馭馬車。當車隊到達某地時，正好前方樹梢有一群白雁在歇息。燕昭王於是下車，準備拿弓弩射殺白雁。誰料在此時，剛好有一位路人要往前方走去。燕昭王見狀，便叫路人停下來。可是路人卻不聽命，照樣往前走去。雁群見到路人，嚇得飛走了。

燕昭王一看到手的獵物飛走了，氣得要拿弓弩射殺路人。公孫龍趕緊從車上下來按住燕昭王的箭說道：「千萬不可射殺路人！」

燕昭王聽了，怒容滿面地說道：「你不去阻止路人，卻跑來阻止寡人！這是什麼道理？」

公孫龍解釋道：「從前，齊景公在位時，一連三年都沒下雨，農田乾涸，百姓苦不堪言。找人來卜卦，說是必須用活人來祭天，老天爺才肯下大雨。齊景公一聽，隨即走下寶座，跪在地上磕頭說：『寡人之所以要求老天爺下雨，完全是為了不忍心見到百姓遭受苦難的緣故。現在如果說一定要用活人來祭天，老天爺才肯下大雨。那麼，就不如用寡人來祭天好了！』話還未說完，天就下起大雨來，而且範圍廣達一千多里。這是什麼道理？就是因為國君仁心感動上天，造福百姓的緣故。如今大王只是由於路人把雁群嚇飛，氣得就要射死路人，那大王的行徑跟虎狼又有什麼區別？」

燕昭王聽了之後，立即拉著公孫龍的手一塊上車，回到宮殿後大聲叫道：「寡人今天多麼幸運啊！別人只獵到禽獸，寡人卻獵到了善言！」

6・暫居燕國

由於公孫龍受到燕昭王的高度禮遇，忌妒他的客卿便多了起來，鄒衍便是其中的一位。

鄒衍上懂天文，下通地理，口若懸河，辯才無礙，因此獲得了「談天衍」的美名。他最能吸引君王的學說就是五行與國運的關係。他認為金、木、水、火、土的運道會循環不已。某個國家輪到了五行中的某一行，就會國運昌隆，稱霸天下。由於各國君王都有稱霸天下的雄心，因此，對他的這套學說醉心不已。而他個人也就享盡了至高的榮華。

當他知悉公孫龍的辯才與偃兵思想後，知道公孫龍絕非等閒之輩，他很擔心公孫龍會搶去他的風光，因此，他常在燕昭王面前批評偃兵思想，認為偃兵思想是不切實際的夢想，稱霸天下必須等待五行的運轉。燕昭王一心想雪恥復仇，對偃兵思想當然興趣索然了。

公孫龍不知道有人在燕昭王面前批評他。他還對燕昭王抱著莫大的期望。他逮住一天，一見燕昭王就大談偃兵之道。他規勸燕昭王說：「龍以為，國與國相互爭戰，實乃不智之舉。戰爭一起，受害的盡是各國的百姓。還不如彼此放棄攻伐，減少戰備，讓百姓過著安居樂業的生活，才是長治久安之道！」

「先生講得很有道理，聽先生一席話，真是發人深省！從即日起，寡人要認真考慮偃兵的問題！」燕昭王聽了之後，表面上不斷讚美公孫龍。

公孫龍則進一步說道：「人跟人交戰已屬不幸，還將無辜的馬匹訓練成戰馬，衝鋒陷陣。牠們往往死於亂箭之下或被干戈誤傷，倒於戰場，痛苦呻吟，卻無人將牠們救回。這種將人傷亡，將馬當陪祭品的戰爭，究竟要何時才能停止？」

燕昭王一聽，久久不語。

等公孫龍離去之後，燕昭王的一位吳姓客卿對燕昭王說：「那趙國來的公孫龍，自稱是墨翟先生的私淑弟子，喜歡高唱什麼兼愛非攻之類的調子，把世界想得太天真了！大王千萬別讓他壞了您的復仇雪恥計畫！」

燕昭王隨即說道：「大家請放心好了！要不是寡人看在當年趙武靈王曾經在齊軍偷襲燕國時，暗中助我順利登基的情面上，寡人才不會那麼禮遇他呢！總之，他講他的大道理，寡人做寡人的大事情，寡人是不會受他半點影響的！」

另一位孫姓客卿則對燕昭王說：「大王的復仇雪恥計畫關係到國家存亡，千萬不能走漏風聲，否則就會惹來大禍！那公孫龍會不會將此機密洩漏給齊國？要不要派人把他和他的四位弟子偷偷殺掉，以除後患？」

燕昭王聽了，趕忙說道：「萬萬不可！公孫先生乃是趙國平原君的門客，他只是個書呆子罷了，哪會去出賣燕國？再說，寡人日前曾去趙國與趙王密商攻齊大計，趙國對燕國有大恩，所以千萬不能殺掉公孫先生！寡人會主動留他在燕國講學，也等於是把他暫時軟禁在燕國了！」

「大王聖明！」兩位客卿同時說道。

第二天，公孫龍又來規勸燕昭王停止攻伐，燕昭王表面上敷衍幾句，暗地卻在積極準備攻齊計畫。

公孫龍起先很相信燕昭王有偃兵之心，但談了幾次之後，卻發現燕昭王只是在敷衍他。尤其是燕昭王與他講話時，眼睛不敢正視他，說話的語氣也支支吾吾的，讓他覺得燕昭王一定有事情瞞著他。於是，他暗中派遣記憶力最強的大弟子綦毋軒去打探燕昭王近日的動態。

綦毋軒憑藉他的記憶力，四處溜覽一下，便已記下所見所聞的狀況，然後將資料迅速報告給公孫龍聽。

等公孫龍確定燕昭王已經封樂毅為上將軍之後，便趕緊進宮謁見燕昭王道：「大王一心想消滅齊國的念頭，已經不下於越王勾踐的十年生聚十年教訓了！多年以來，凡是天下能協助大王消滅齊國的能人志士，大王都重重的供養他們；凡是能知悉齊國要塞的人，大王也都對他們十分禮遇；凡是能知悉齊國糧食產量的人，大王也都對他們十分客氣；凡是能知悉齊國冶鐵技術的人，大王也都對他們十分看重；現在大王嘴巴對龍說：很想偃旗息鼓，以民生為重。然而目前在燕國為大王效命的各國豪傑志士，偏偏都是善於用兵打仗的人。現在，大王的戰馬已有五千匹，盾牌則有三十五萬具。所以龍內心明白，大王要實行偃兵政策，事實上是根本就做不到的！對不對？」

燕昭王聽了，無言以對，只有望著公孫龍苦笑。

公孫龍則長嘆一聲道：「從前，越王勾踐打敗了吳王闔閭，吳王闔閭負傷而死。在他臨死前，特別交代他的兒子夫差一定要為他雪恥復仇。夫差謹記在心，終於打敗越國，越王勾踐稱臣為奴，受盡屈辱；後來又臥薪嘗膽，終於攻佔了吳國，吳王夫差也羞憤自殺！今天，你有雪恥復仇的決心，怎知他明天就沒有雪恥復仇的能力？大家相互復仇，就好比某甲父親殺了某乙的父親，某乙為了復仇，就去殺害某甲父親；某甲為了報殺父之仇，又去殺害某乙。等某乙兒子長大之後，又去殺害某甲。這樣冤仇相報，有何意義？希望大王的復仇計畫不會害到燕國自己的的百姓！那就算是萬幸了！」

「大膽公孫龍！竟敢對大王出言不遜，還不快快滾回趙國去！」燕昭王右邊的親信聽完公孫龍的話，不由得對他大聲喝叱道。

「公孫龍！你竟敢把大王的雪恥大計說得一文不值，我看你是不要命了！」燕昭王左邊的親信聽完公孫龍的話，也開始疾言厲色地大罵他。

燕昭王見狀，立即揮手制止道：「諸位愛卿，不得對公孫先生無禮！先生進言的動機是良善的，只是他難以了解：寡人也是身不由己，不得不才整軍雪恥的啊！寡人如不雪恥復仇，又如何對得起先王和廣大百姓呢？記住！你們對公孫先生及他的弟子千萬不可怠慢！寡人還希望他能長居燕國，讓寡人有請益的機會！」

公孫龍見燕昭王待人以禮，不乏誠意，還算是個明理的君王，也就在燕國暫時住了下來。當然，他的四位弟子也暫時跟著他留在燕國。

7・遭受冷落

當公孫龍大談他的偃兵之道時，燕昭王也在積極部署雪恥計畫。

不久之後，燕昭王見時機已經成熟，立刻派遣樂毅將軍聯合其他五國攻打齊國。齊國軍隊節節敗退，齊湣王趁機逃往國外避難。燕國軍隊於是長驅直入，把齊國都城臨淄的寶物搜刮一空，還把齊國的宮殿和宗廟焚燒殆盡，以洩心頭之恨。沒多久，齊國的領土幾乎快要被燕國軍隊佔領光了，只剩下莒和即墨兩個小城還在頑強抵抗。

燕昭王雪恥成功之後，舉國歡欣鼓舞，他也大方獎賞曾經協助他雪恥復仇的外國客卿。當然，公孫龍是不會在獎賞名冊之內的。因為，他對燕國雪恥復仇大計毫無貢獻。

當公孫龍的三位弟子看見其他客卿享盡榮華富貴，而獨獨他們的老師公孫龍卻遭到冷落時，私下多少有些怨言。

南宮仁首先埋怨道：「我聽說楚國來的吳先生已經得到黃金一千兩的賞賜！可是，我們先生卻連一兩黃金也沒得到！你們說這公不公平？」

司馬信接著埋怨道:「我也聽說魏國來的孫先生已經得到白璧十雙的賞賜!可是,我們先生卻連一雙白璧也沒得到!你們說這是不是太瞧不起人了?」

最後,連歐陽嘯也埋怨道:「我更聽說韓國來的李先生已經得到美女九人的賞賜!可是,我們先生卻連一位美女也沒得到!燕昭王也太厚此薄彼了吧!看樣子,我得拿出呼叫的本領,讓燕昭王立刻聽到我們不滿的呼聲!趕快犒賞我們先生才是!」

綦毋軒聽了三位同學的牢騷之後,趕緊上前勸阻道:「大家千萬不可魯莽行事!這樣做,只會害了先生!你們要知道,先生高唱偃兵之說,已經遭到燕昭王及其親信的疏遠。如果先生要獲得榮華富貴,只需迎合燕昭王的雪恥復仇計畫便可輕易獲得,又何必自討沒趣地去唱什麼兼愛非攻的高調?難道大家還不了解先生救世的苦心嗎?我們既然身為先生的入門弟子,就不應該去羨慕別人靠征戰殺人而得來的榮華富貴!」

「原來先生不是燕昭王的寵客,怪不得燕昭王沒賞他任何東西!」南宮仁、司馬信與歐陽嘯了解公孫龍的處境之後,便緊閉雙唇,不再亂發牢騷了。

8·急離薊城

當公孫龍知道燕昭王大賞客卿之後,他內心確實毫無半點羨慕之意。因為,他來燕國遊歷,並非為了榮華富貴才來。他雖然無功,但也無過可言;燕昭王念在趙國前後兩位國君以及大臣劇辛都曾助自己完成復仇大業,因此對來自趙國的公孫龍仍然待之以禮。

公孫龍內心明白，此時燕國舉國上下都陶醉在完成復仇大業的快意中，他如果再去高談兼愛之理與偃兵之道，是會引人反感甚至遭人嘲笑的。因此，他只有暫時把自己堅持的高超理想擱在一旁，開始大談「白馬非馬」的主張。然而，燕國君臣對此種抽象思維的問題缺乏興趣，他們只對富國強兵的問題保持高度的關注。也因此，公孫龍在燕國始終難展長才。

他的大弟子綦毋軒看出公孫龍在燕國的處境之後，便去試探公孫龍的去向。他對公孫龍說道：「先生在平原君府不得志，離開了趙國。如今客居燕國，是否就能展翅而飛？」

公孫龍語帶玄機說道：「我們見機行事吧！」

雖然，燕昭王對公孫龍仍很禮遇，但是太子，也就是後來即位的惠王，卻對公孫龍十分不滿，認為他對燕國沒有實質的貢獻，燕昭王實在不應該供養他和他的弟子。這等於在浪費國家錢財。

他私下也常對公孫龍說：「先生喜歡高唱什麼『白馬非馬』！依我看，這也太不切實際了！我看不出它對富國強兵能有什麼幫助！如果先生能幫助我們燕國增加戰馬的數量，不管牠是白馬也好，黃馬也好，黑馬也好，只要能強化戰車的作戰能力，我馬上就以弟子身分向先生行禮！」

為了此事，太子常與燕昭王發生爭執，燕昭王則堅持一定要尊重公孫龍師徒五人。太子不敢違逆君父的旨意，只有隱忍起來。太子除了對公孫龍不滿之外，對樂毅將軍也深為仇視。

一天，公孫龍在宮廷台階上遇到太子，他趕忙向太子行禮，然而太子卻裝作沒看見似的，大搖大擺就走了。公孫龍見狀，心裡頭就有數了。

燕昭王在位第三十三年時，因病而亡故，由太子繼承王位。公孫龍知道太子即位後會對自己不利，於是趁他治喪期間，急忙帶著四位弟子偷偷離開了燕國國都薊城，準備返回趙國國都邯鄲。

綦毋軒覺得很納悶，便上前問道：「先生為何要急著返回趙國？難道在燕國多待一些時候都不成嗎？說不定惠王會重用先生呢！若是回到趙國，先生不肯再去投效平原君，那在趙國也是一籌莫展啊！」

公孫龍則解釋道：「你還不太了解實情！這新即位的惠王不比他父親昭王，昭王雖然知道我們對燕國無功，但對我們仍然禮遇有加；惠王則不同，他早已不滿昭王對我們的看重，很想將我們一併除去。因此，我們趁他治喪期間離開燕國，比較不易引起他的注意！否則晚走一步，說不定就永遠回不了趙國了！」

「原來如此！還是先生觀察入微！」綦毋軒說道。

一路上為了防止惠王追兵，公孫龍的二弟子南宮仁不時爬到樹梢上去觀望，等確定沒有追兵之後，才放心地來到黃河岸邊。這時歐陽嘯又發揮他的呼叫本事，把對面的船夫給叫了過來，於是他們師生五人才安全返回趙國。

與燕昭王相比，燕惠王無論在識人與度量上都比不上前者，因此，公孫龍有種預感：燕國不久將會衰敗於惠王手中。

第五章
返回邯鄲助趙國

1·明白真相

公孫龍一入邯鄲城之後，平原君立即派人駕四馬大車請他到府一敘。

公孫龍聽了，有點受寵若驚，更有點納悶，不知道平原君為何要如此禮遇他？難道是因為他在燕國當過六年客卿，才讓平原君對他的態度前後判若兩人不成？

等他到了平原君府，見到了平原君本人之後，他才明白了事情的真相。

原來，當年他勸平原君不要斬殺寵妾時，平原君為了自身顏面，並未採納他的建議，反而提著寵妾的人頭，前往跛子家親自向跛子謝罪。過了不久，平原君原先的門客又逐漸回到平原君門下。平原君以為從此平安無事，心中甚是快慰。

誰知五年之後，一位仗劍的黑衣少年突然闖進平原君府，說是要投效平原君。平原君不疑有他，於是親自接見此一少年。

黑衣少年一見平原君，便破口大罵道：「你這劊子手！殺人魔！還不還我姊姊命來！」罵完，遂拔劍要刺平原君。

平原君冷不防嚇一跳，便問道：「你姊姊是誰？」

「我姊姊就是五年前被你砍掉人頭的寵妾澐澐！」黑衣少年咬牙切齒說道。

這時平原君才想起五年前的往事。於是他說道：「這位賢弟，請聽我解釋！我殺你姊姊也是不得已的事情…」

「有什麼不得已的？事情的來龍去脈我早都打聽清楚了！」黑衣少年用劍抵住平原君的胸膛說道。

「清楚就好！你還是把劍先放下！慢慢說吧！」平原君已經嚇出一身冷汗。

「別囉嗦！當心劍不長眼睛！我姊姊只不過嘲笑了跛子一下，跛子就小題大作，馬上要我姊姊的人頭！你卻擔心門客減少，有損你的顏面，便拿我姊姊的人頭當犧牲品，去換回你的虛榮心！你養的是些什麼門客，這麼草菅人命！你身為相國，不但不去糾正跛子和你門客的偏差行為，反而將我姊姊當成祭品，真是冷酷無情啊！還是公孫龍先生的建議最合理、最人道，讓我姊姊去跛子家道個歉不就解決了嗎？若是跛子不接受我姊姊的道歉，那是他的心眼太小、自卑感太重的緣故！你應當開導他，叫他不要得理不饒人才對！哪用得著拎著我姊姊的人頭去向跛子道歉！害我爹娘哭得半死！害我姊姊的靈魂都不能安息！」黑衣少年越說越激動。

平原君聽了這一番話，自知理虧，便對黑衣少年說道：「事情已經過了五年，現在再來抱怨也於事無補！你說該怎麼賠償，你才能滿意？」

「怎麼賠償？就用你的腦袋來賠償吧！」黑衣少年說完便準備刺殺平原君。這時忽然聽得「噹！」的一聲，黑衣少年手上的劍已然落地。原來是平原君門下的一位俠客飛擲小石來解危的。

這時，其他門客趁勢一擁而上，把黑衣少年拿住。

黑衣少年泰然說道：「我從十二歲起就苦練劍法，目的就是要為我姊姊報砍頭之仇！今天既然不幸被你們抓住，要殺要剮隨你們便！」

平原君則對黑衣少年委婉說道：「賢弟且莫這麼說！我怎會殺你呢？我已經錯殺了一條人命，豈能再錯殺第二條人命？」

「好！你不殺我！我自己咬舌自盡總可以吧！」黑衣少年又說道。

平原君一聽，趕緊制止道：「且慢！賢弟！你還有雙親要奉養，怎能輕易言死？再說，你姊姊在天之靈也不希望你年紀輕輕就自盡了吧？你要是死了，怎麼對得起你的雙親和死去的姊姊？」

黑衣少年聽了，低頭不語。過了一會兒，他對平原君說道：「我可以不死！但是你必須答應我四個要求才行！」

「好！哪四個要求？你說吧！」平原君隨即答應道。

「第一、你要重修我姊姊的墳墓，第二、你要親自帶領跛子上我姊姊墳前一同謝罪！第三、你必須跪在我爹娘面前磕頭謝罪！第四、你必須重用珍惜人命的公孫龍先生！只要你能答應這四個要求，我們之間的恩怨一筆勾消！」黑衣少年說道。

「好！我全都答應你！你快快起來吧！」平原君邊說邊扶起黑衣少年。

於是平原君將前面三個要求一一做到，至於第四個要求，就必須派人四處打聽公孫龍的下落之後，才能完成。當他探悉到公孫龍已經返回邯鄲時，自然不能放過這個大好的機會。

2・趙王面晰

聽了平原君告訴他的真相之後，公孫龍內心的確感慨萬千。他萬萬沒想到事情會演變成現在這個樣子。他覺得平原君不失為一位氣度恢弘的相國，也就再度成為他門下的賓客，擔任他的智囊了。

公孫龍返國的那年，正好是趙惠文王二十年〔西元前279年〕。這一年，趙惠文王與秦昭王在西河外的澠池相遇，並互訂盟約：「今後秦國若有所行動，趙國必須馬上支援；趙國若有所行動，秦國也必須馬上支援。」

秦國曾攻佔趙國兩座城池，趙惠文王深知秦國軍力強大，不敢與秦國爭霸，只好處處委曲求全。

當他知道平原君最近延攬公孫龍為策士時，就想聽聽公孫龍的高見。

趙惠文王一見到公孫龍，就問道：「寡人奉行偃兵政策，少說也有十年了，可是卻一直沒有成效。這麼看來，偃兵政策是不是調子太高，根本就沒法去實行吧？」

公孫龍回答道：「不是這樣的！大王必須先有兼愛天下的誠心，才能停止征戰。而兼愛天下的誠心是一定要表裡一致才可以的！如今，趙國的藺城與離石城兩座縣城被秦軍佔領去了，大王整日愁容滿面，就好像面臨喪事一樣痛心。但反過來，趙國向東攻打齊國，也佔領了他們的城市，大王卻以美酒佳餚大肆慶祝，還親自犒賞有功將士。這就違反了兼愛天下的本意。因此，偃兵政策實行起來，當然不會有成效！這就好比一位當父親的人，東家鄰居小孩偷了他的珠寶，他氣得要殺掉東家鄰居小孩；可是，當他的小孩偷了西家鄰居的珠寶時，他卻大加讚賞他的小孩！像這樣的父親還配當父親嗎？

現在，假定有這麼一群人，他們舉止傲慢，卻與別人高談謙讓恭敬的大道理；他們結黨營私，卻與別人高談守法效忠的大道理；他們朝令夕改，卻與別人高談安定政局的大道理；他們貪婪殘暴，卻與別人高談清淨樸實的大道理。一旦有了這種言行不一致的作法，就算是黃帝這樣能把天下治理完善的人來執政，也將束手無策，一籌莫展啊！」

趙惠文王聽了公孫龍的一番話，面有慚色，久久說不出話來。陪侍一旁的平原君也無言以對。

3・秦王語塞

不久之後，傳來了燕國的最新消息：燕惠王即位後，立即把原先跟他有嫌隙的樂毅將軍給免職了，由騎劫代替樂毅去攻打齊國僅剩的兩座小城。樂毅知道了，於是逃到趙國來避難。而齊國田單將軍則運用火牛陣及各種戰略，終於打敗燕軍，光復了六年前被燕軍所佔領的全部城市。

公孫龍得知消息之後，想到燕昭王雪恥復仇後的狂歡情景與燕惠王的落敗情景，真是不勝唏噓：

「我的預言終於成真了！燕惠王這個無能的國君，可把燕國給害慘了！他怎麼對得起燕昭王？怎麼對得起燕國的百姓？」

由於公孫龍白天一直在思索這個戲劇性的鉅變，因此，晚上做夢居然夢到了燕昭王含淚對他說道：「寡人生前不聽先生忠言，執意要完成攻齊復仇大業。誰知好夢易醒，復仇大業才剛剛完成，舉國還在狂歡之際，不肖子就做出錯誤的決策，以至於齊將田單又完成了他們齊人雪恥復仇的大業，齊國百姓也歡欣鼓舞，大肆慶祝。現在，齊國的田單成了復國大英雄，誰還記得寡人之前的雪恥大業？寡人這才明白先生倡導偃兵的一番苦心。但為時已經晚了…」

公孫龍夢醒時，思想著燕昭王的讖語，忍不住嘆息道：「以往的戰爭有幾場是真正值得赴湯蹈火去打的？現在的戰爭又有幾場是真正值得將士賣命去打的？為什麼做國君的總是無法從歷史中得到教訓？如果燕昭王的軍隊真的是正義之師的話，為什麼燕軍會將齊國國都的寶物搜刮一空，還把齊國的宮殿和宗廟都焚燒殆盡？這樣的不智行為，怎會不燃起齊人心中的復仇之火呢？而在無數戰爭中冤死的百姓和戰馬，他們又要找誰去伸冤復仇呢？」

嘆息歸嘆息，公孫龍心裡也明白，偃兵並不是單憑他一個人的力量就可以達成的。現在，做國君的整天都在想如何富國強兵，甲國國君這麼想，乙國國君也這麼想。因此，武器越來越多，也越來越新；兵員越來越多，也越來越年輕；戰馬越來越多，也越來越肥壯。

幾年之後，秦國突然要舉兵攻打魏國，而趙國暗地裡卻幫助魏國抵抗秦國的侵略。消息傳到秦昭王的耳朵裡，讓秦昭王感到十分不高興。於是他派特使到趙國對趙惠文王說：「根據秦趙兩國在澠池所訂的盟約：『今後秦國若有所行動，趙國必須馬上支援。』現在，秦國要攻打魏國，趙國理應幫助秦國，而不是去幫助魏國才對啊！可是，目前的情況卻恰恰相反，這就證明趙國已經違背了秦趙兩國在澠池所訂的盟約！趙國應該馬上給秦國一個合理的解釋才行！」

趙惠文王聽了秦王特使的傳話之後，心裡頭非常緊張，便將此事轉告了平原君，請平原君趕快想出對策。

他對平原君說：「秦王曾經要以十五座城池交換和氏璧，幸得藺先生相如暗中派人持完璧回國，但也因此得罪了秦王；澠池之會又逼秦王彈奏秦國樂器，雖然保持了寡人的顏面，但更使秦王懷恨在心，想要消滅趙國。如今趙弱秦強，我們該如何是好？」

平原君本身想不出什麼對策來，於是又把此事轉告公孫龍。希望公孫龍能幫他出點主意。

公孫龍隨即說到：「您不必焦急！秦國可以派遣特使來趙國質問我們有無背約，趙國當然也可派特使前往秦國，對秦昭王說：『根據秦趙兩國在澠池所訂的盟約：『今後趙國若有所行動，秦國也必須馬上支援。』如今，趙國想要援救魏國，秦國卻不肯幫助趙國，這也是違背兩國所訂的盟約啊！』看他秦王有何反應？」

平原君聽了公孫龍對策之後，內心對公孫龍的機智善辯，簡直佩服得五體投地。他心想：「為什麼我們的腦筋就這麼死，而公孫先生的腦筋就這麼靈活？難道他的腦袋裡裝了什麼神奇的東西嗎？」

平原君把公孫龍的對策轉告給趙惠文王聽，趙惠文王聽了，也讚嘆不已道：

「沒想到公孫先生的辯才這麼機靈啊！」於是，馬上派遣特使前往秦國，照著公孫龍的話對秦昭王說了一遍。

秦昭王聽了之後，頓時語塞。明知這是趙國的遁詞，卻也無可奈何，就像啞吧吃下黃蓮，有苦卻說不出來。

等趙國特使離開後，秦昭王左思右想道：「這絕不是趙王自己的主意，他的智慧沒那麼高！會不會是平原君獻的計，或者是平原君門客出的主意？他不是供養了數千門客嗎？好！他要是敢戲弄我，哪天逮到機會，我可要好好捉弄他一番！」

4・先見之明

趙惠文王死後，由孝成王繼位。趙孝成王元年〔西元前265年〕，平原君突然接到秦昭王派人送給他的一封信，信中說到：「寡人久已仰慕公子的仁風義舉，衷心希望和公子結交為朋友。麻煩公子接到信後，能親自前來咸陽一趟，寡人要與公子痛快飲酒十天，彼此暢談心事！」

平原君讀完信之後，心中猶豫不決，便問公孫龍道：「秦王來信約我赴秦國飲酒談心，先生認為我該去還是不該去？」

公孫龍說道：「秦王突然約你去飲酒談心，其中必然有詐。一個人的言詞越客氣，越顯得他另有所圖。」

「應該不會吧？」平原君原先就非常畏懼秦國，而且覺得能和秦王交往，對緩和秦趙兩國關係也有幫助，因此，他心裡頭確實想去赴約。

「如果您為了緩和秦趙兩國關係而一定要去的話，我也沒法阻攔您！只是千萬要小心就是了！該堅持的地方還是必須堅持到底！您是他邀請的上賓，他不敢對您有過分舉動的！」公孫龍說道。

「放心，我一定會平安歸來的！」平原君也說道。

於是，平原君帶了隨身侍衛，前往秦國會見秦昭王。

秦昭王以大禮接待平原君後，果然設宴與平原君舉杯暢飲，連飲了數日之後，他終於說出了約平原君來咸陽聚會的本意。

他對平原君說：「范相國睢在魏國時曾被魏國相國魏齊百

般凌虐，寡人現在對待范相國就像從前的太公，管仲一樣，他就是寡人的叔父！因此，他有什麼要求，寡人就必須幫他完成！如今，范相國的仇人魏齊聽說躲藏在公子的府上。寡人希望公子馬上派人回去將魏齊斬首，把魏齊的人頭拎來寡人面前給范相國謝罪。否則，寡人立刻就將公子軟禁，不讓公子返回趙國！公子意下如何？」

平原君一聽，心中暗想，公孫龍先生果然有先見之明，秦王哪會那麼好心請我喝酒談心？原來是逼我交出魏齊的腦袋來！但，我哪能這麼不顧道義呢？

於是，他大義凜然地對秦昭王說道：「人在尊貴的時候結交朋友，是為了自己將來萬一低賤的時候，有個人可以依附；人在富有的時候結交朋友，是為了自己將來萬一貧窮的時候，有個地方可以投靠。魏齊是我趙勝結交的朋友，就算他躲藏在我家裡頭，我也不會不顧道義地將他出賣！更何況他現在根本就不住在我那裡！我如何能交出他的人頭來？這不是強人所難嗎？」

秦昭王聽了，心裡頭雖然非常生氣，可是又不能將平原君推出去斬首。畢竟，平原君是他邀請來的上賓，若是對平原君做出攸關性命的舉動，傳出去是會損及自身顏面的。於是，他又馬上寫了一封信給趙孝成王，希望趙孝成王能幫他把魏齊的人頭拎來他面前。

信上說道：「貴國平原君現在我秦國遊歷，而我秦國范相國雎的仇人魏齊則躲藏在平原君的府中。請趙王即刻派人將他的頭顱送來咸陽。否則，本王便要動員大軍進攻貴國，而且還要將平原君關在咸陽，一輩子不讓他返回趙國！得失輕重，請趙王仔細權衡吧！」

趙孝成王接到秦昭王的信簡之後，緊張萬分，深怕惹來兵災。於是趕緊調派軍隊把平原君府圍得水泄不通。魏齊得知消息後，便在夜晚無人注意時獨自逃走了。

魏齊逃出平原家府之後，偷偷跑去見趙國相國虞卿。虞卿與他交情很深，虞卿知道趙孝成王是不會放過魏齊的，去替他求情也是白求。因此，為了幫助他逃命，虞卿就將相國的印璽解下來，易容後與魏齊一塊逃往魏都大梁，想找信陵君幫忙，幫他們平安逃往楚國避難。

誰知信陵君不願得罪秦國，免得惹禍上身，因此，不肯接見他們二人。

魏齊聽說信陵君怕得罪秦國，所以對他二人見死不救。他聽了之後，十分生氣，於是就拔劍自殺了。

趙孝成王聽到魏齊自殺的消息，喜出望外。於是問公孫龍說：「秦王一直想取魏齊的頭顱，現在魏齊自殺而死。我們派人拎著魏齊的頭顱，送去咸陽。不知道秦王會不會因為他是自殺身亡的，而遷怒於我趙國？」

公孫龍說道：「大王請勿擔心！秦王只在乎魏齊的頭顱有沒有送回咸陽，以便了卻范睢的夙願，根本不會在乎他是怎麼死的！更何況，他也不知道魏齊是自殺而死的！只要我們口風緊，也就安然無事了！」

趙孝成王聽了公孫龍的分析之後，心頭輕鬆許多，於是趕緊派人拎了魏齊的頭顱，送去咸陽。

秦昭王請范睢親自驗查無誤後，才肯將平原君釋放，讓他返回趙國。

平原君回到邯鄲後，就把他在咸陽的經歷說給門客聽。

門客一聽，都紛紛讚賞平原君的勇氣。公孫龍也認為平原君此次的表現展現了道義與勇氣，值得為他報效。

5・快離皇宮

然而，平原君才展現出他的勇氣，誰料不久之後，又因利令智昏，不聽忠言，犯下了大錯。這件事與秦國發兵攻打韓國有密切的關係。

秦軍佔領了韓國不少的城市。當秦軍準備孤立上黨郡時，上黨太守馮亭突然秘密派遣他的特使來謁見趙孝成王，對他說：「韓國軍力太弱，抵抗不了秦軍，看樣子是沒法子把上黨這個郡邑守好，準備將它無條件地納入秦國的版圖了。可是，我們上黨城的官吏和百姓，都不喜歡窮兵黷武的秦國，不願意隸屬在秦國的政權之下，反而都心甘情願地歸順你們趙國。上黨這個地方大約有十七座縣城，我衷心願意把它送給你們趙國，變成你們趙國國土的一部份。至於大王要如何賞賜上黨的官吏和百姓，全聽大王的吩咐就是了！」

趙孝成王聽了之後，高興萬分，先召見平陽君趙豹，聽聽看他的意見。結果平陽君趙豹極力反對，認為這是韓國想將災禍嫁禍給趙國，千萬不能接受。趙孝成王卻認為這是天賜良機，趙國不費一兵一卒就獲得韓國十七座縣城，哪有拒絕的道理。於是他又召見平原君，把韓國上黨太守馮亭派遣特使來此的目的告訴了平原君，希望聽聽平原君的意見。

平原君一聽，竟然同意趙孝成王的看法，說道：「是啊！就算我們趙國派遣百萬大軍去攻打別的國家，有時打了好幾年也未必能佔領一座城市。現在不費吹灰之力，就能將十七座縣城納入我們趙國的版圖，這真是前所未有的巨大利益啊！這個大好機會怎能輕易失去呢？」

趙孝成王聽了之後，就對平原君說：「好！寡人就任命您為全權大臣，派您去接收韓國上黨郡的十七座縣城，為我們趙國爭光！」

平原君把這個好消息告訴了公孫龍之後，便對公孫龍說：「這會兒未動干戈，就能擴張國土，完全沒有違反先生所主張的偃兵思想！先生要不要跟我一快去接收上黨，看看韓國官吏百姓對我們趙國的歸附之心！」

公孫龍則搖搖頭說道：「這件事，表面上未動干戈，實際上大動干戈的日子在後頭呢！這件事，表面上可獲取大利，實際上將來會損失更大！千萬莫要高興得太早啊！龍是無法陪您一塊去接收上黨的！請您諒察！」

平原君則問道：「我和大王都贊同此事，也都認為這是對趙國有利的事。先生為何卻如此悲觀呢？」

公孫龍答道：「不是龍悲觀！而是基於龍對秦國的了解。您想想看，秦王早就想併吞韓國，他怎會允許韓國的上黨併入我們趙國的版圖？一旦我們趙國將上黨納入版圖，秦王必定會憤而發兵攻打我國！到時候，我們不但會失去上黨，還會折損更多的將士，失去更多的領土！那就得不償失，後悔莫及了！」

平原君聽了公孫龍的一番話之後，趕緊又去見趙孝成王，把公孫龍方才說的話轉告給他聽。誰知趙孝成王卻呵呵大笑道：「那公孫先生也太膽怯怕事了！怎麼說，我們趙國也是萬乘之國，擁有百萬大軍。再說，有廉頗將軍在，諒他秦軍也不敢妄動一步！好了！寡人已經決定派您去接收上黨，誰也別想改變寡人的決定！」趙孝成王似乎早已忘卻多年前自己畏懼秦昭王的膽怯模樣，反而嘲笑公孫龍的膽小怕事。

平原君知道君命難違，加上自己也求功心切，於是立即銜命前往上黨負責接收事宜。

公孫龍知道後，想去謁見趙孝成王，勸他收回成命。可是，趙孝成王卻推託身體不適，不想接見公孫龍。公孫龍只得怏怏然離開皇宮。

6・憂心如焚

平原君抵達上黨前，派特使告訴上黨太守馮亭有關上黨郡的接收事宜。然而，馮亭卻突然反悔，不肯接見來使。平原君將此事秉告趙孝成王，趙孝成王大為光火，於是調派大軍強行佔領了上黨郡。

趙軍佔領上黨之事，傳到秦昭王耳中，秦昭王也勃然大怒道：「豈有此理！韓國上黨郡的十七座縣城應該是我們秦國的屬地，怎麼一下子變成了趙國的領土！看樣子不給點顏色讓趙王看看，他是不知道天高地厚的！」於是，下令秦軍攻擊趙國。

趙孝成王派遣大將廉頗駐守在長平，與秦軍對峙，秦軍無法突圍。這樣僵持了很長的一對時間。秦國忽然也學田單以騎劫取代樂毅的反間計，買通趙國大臣，散布流言說秦軍最怕趙括，一點也不畏懼廉頗。趙孝成王聽信流言，準備以趙括取代廉頗，他對平原君說道：「廉頗將軍已經老了，他只會防守不會攻擊，再這樣耗下去，將士的鬥志都快消磨光了！據寡人得知的消息，秦軍現在最怕的是趙括將軍而不是廉頗將軍，所以，寡人決定將廉頗將軍調回，派趙括將軍去長平與秦軍交戰！不知您的看法如何？」

平原君一聽，就說：「讓我回去請教一下公孫先生的意見如何？」

趙孝成王聽了之後，面色不悅地說道：「幹嘛什麼事情都要向他請教？他只會空談一些兼愛非攻的大道理，對強兵之道毫無對策！寡人看還是別告訴他好了！免得他又來寡人耳邊煩我，寡人躲都來不及呢！我們姓趙的才是一家人，不能什麼都聽外人的！是不是？」

平原君聽了，只有不斷地點頭說：「是的！」

當公孫龍知悉趙孝成王將廉頗將軍調回，派趙括將軍去長平與秦軍交戰之後，便想去見平原君，請平原君勸說趙孝成王收回成命。然而，平原君也稱病不見，使得他憂心如焚。

他的大弟子綦毋軒見狀，便問他說：「先生近日面有憂色，是否仍在為國事操心？」

公孫龍於是將趙孝成王派趙括將軍去長平與秦軍交戰一事，說給綦毋軒聽。綦毋軒聽了之後，隨即問說：「先生是否擔心我軍不是秦軍的對手？」

公孫龍則長嘆一聲道：「長平之戰如果我軍損失慘重的話，邯鄲就危在旦夕了！」

綦毋軒聽了，趕緊說道：「先生應當趕快去找平原君，讓平原君勸大王收回成命，再派廉頗將軍鎮守長平才是！

公孫龍愁容滿面地說道：「沒用的！平原君與大王都在躲著我，怕我會阻止他們的征伐計畫。所以我現在也是束手無策了！」

綦毋軒則說道：「他們不聽先生的忠告，到時後悔也來不及了！」

果然，長平一戰，趙括戰死，趙軍有四十多萬士兵全被秦軍給活埋了。在趙軍元氣大傷之下，秦軍準備進一步包圍趙國國都邯鄲。

7・不妥原因

趙孝成王九年〔西元前 257 年〕，秦國舉兵包圍邯鄲城。趙孝成王派特使平原君到楚國尋求救兵，希望兩國共同抵禦秦兵的進攻。

平原君有個叫毛遂的門客，他很想報效平原君，卻苦無機會。當他知道公孫龍智謀過人時，很想求教於公孫龍。於是，他抓到一個機會，私下問公孫龍說：「先生是平原君跟前的上賓，而我在平原君門下吃了三年的閒飯，至今毫無表現，感覺自己是個廢物。不知先生可否指點一下迷津？」

公孫龍問道：「你覺得自己的過人之處是什麼？」

毛遂答道：「我覺得自己膽量過人！即使站在國君面前也毫無懼色！」

「很好！趙國需要你這樣的勇士！你一展所長的好機會來了！」於是公孫龍對他面授機宜，使得他有機會隨平原君出使楚國，威懾楚王出兵相救，立下了大功。事後，平原君也拜他為上賓。其實，他心裡最清楚，他的自薦策略，完全是公孫龍出的主意。由於公孫龍要求他對外保密，他只有將此事隱藏在心了。

公孫龍一向主張偃兵，然而秦兵包圍邯鄲一事，他又不能置身事外。於是他鼓勵毛遂去完成救趙任務，他也相信，信陵君一定會想辦法去援救趙國的。因為，他很清楚平原君與信陵君之間的特殊關係。

信陵君〔魏國公子無忌〕盜取兵符解救趙國後，邯鄲危機頓時解除。由於平原君是信陵君的姊夫，兩人有親戚關係。按理說，平原君應該也有點功勞才對。因此，虞卿建議趙王獎賞平原君。

虞卿姓虞，是一位能言善道的說客。他曾經穿著草鞋，揹著草帽，前來邯鄲遊說趙孝成王。趙孝成王見他的打扮怪異，對他充滿好奇心。等聽完他對國際局勢的分析之後，龍顏大悅，立刻賞他黃金二千四百兩，白璧一雙。虞卿第二次謁見趙孝成王後，馬上就被趙孝成王當作趙國上卿看待，所以才被人尊稱為虞卿。

虞卿對趙王說：「沒死一兵，沒折一戈，就解除了邯鄲的危機。這全是平原君的功勞！有了功勞，難道不應該獎賞嗎？」

「當然應該獎賞！不過，您覺得寡人該賞什麼才好？」趙孝成王問道。

「臣以為，不如再賞些封地給平原君好了！」虞卿說道。

「好！寡人就照您的意思辦好了！」趙孝成王答應得也很爽快。

公孫龍聽到這個消息之後，立即趕往平原君府求見平原君，說：「我聽說虞卿為了報答信陵君的救趙功勞，曾代您向趙王請求封賞。這消息確實嗎？」

「當然確實！」平原君答道。

公孫龍聽了，隨即說道：「我覺得此事十分不妥！」

「有何不妥？」平原君問道。

「因為，趙王將東武城賞給您作為封地，並非是您對趙國有什麼天大的功勞，這純粹因為您是趙王親戚的緣故。您接受相國印信，並不表示您真正具有相國的才幹，這也因為您是趙王親戚的緣故啊！您一無戰功，二無才幹，竟可享受封地與相位，如今又因為信陵君竊取兵符解救趙國的緣故，還想再增加一些封地。如果您真這麼做的話，恐怕會遭到國人的議論，那就得不償失了！所以，虞卿的考慮不周，您千萬別採納他的建議！請您務必三思！」公孫龍解釋道。

「先生說得極有道理，我趙勝馬上就去謁見大王，請大王取消對趙勝的新增封地！」平原君向公孫龍致謝道。

平原君發現虞卿的建議對他不利之後，對虞卿的敬重也就慢慢淡了些。

8・仍留趙府

信陵君雖然救了趙國，也同時保住了自己姊姊，也就是平原君夫人的性命。然而，他盜走兵符並且假傳魏安釐王旨令殺死晉鄙將軍的行為，卻使得他哥哥魏安釐王對他恨之入骨。因此，他不敢返回魏國，只好帶著他的門客暫時居住在趙國。但他沒想到的是，這一住就住了十年之久。

信陵君初留趙國時，聽人家說趙國有兩位才士，一位叫毛公，隱藏在賭場；一位叫薛公，隱藏在酒坊。於是，他就親自去拜訪這兩位才士。

這件事給平原君知道後，平原君就告訴他夫人說：「我聽說夫人的弟弟公子無忌竟跟賭徒和酒鬼公然交往，這太令我失望了！照這麼看來，他也沒什麼了不起的地方！外界對他的讚譽，恐怕有點名不副實吧？」

平原君夫人把這番話轉告給信陵君聽。信陵君聽了之後，非常生氣，便向他姊姊辭行，打算離開趙國。

平原君夫人問他何以要辭行，他回答道：「過去，我早就風聞平原君是個賢能的公子，所以我寧願得罪魏王，跑去竊符解救趙國，完成平原君的心願。可是，我現在才知道，他廣招門客，只是在擺擺闊吧了，根本不是在延攬人才。我在魏國時就已經聽說這兩人確實有真本領，到了趙國，還怕他們不願意跟我交往呢！如今，平原君卻反倒取笑我跟這種市井之流結交，那我還用得著跟平原君這種短視的人繼續交往嗎？」說完，就把行李整理好，準備離開趙國。

平原君夫人見狀，趕緊去見平原君，把方才信陵君跟她說的話，全都告訴了平原君。平原君自知失禮，於是脫掉帽子，向信陵君當面賠禮，堅決挽留信陵君請他不要離開趙國。信陵君拗不過平原君的誠意，只得答應留了下來。

平原君的門客風聞此事後，對信陵君的禮賢下士之風頗為讚賞，因此，有一半多的門客都去投效信陵君；天下的才士聽了此一消息，也紛紛來歸依信陵君。

公孫龍弟子綦毋軒知道此事後，便來請問公孫龍的意見。

綦毋軒說：「現在，信陵君的聲望已經高出平原君百倍，許多人都投效他門下去了。不知先生覺得信陵君的為人如何？」

「信陵君是一位有仁心的公子！我聽說他的門客朱亥擊殺魏將晉鄙之後，由他來統領晉鄙的軍隊。他在率領魏軍進攻秦軍之前，曾經頒布命令：『父子都在軍中一塊當兵的，兒子留下，父親可以馬上回家去；兄弟都在軍中一塊當兵的，弟弟留下，哥哥可以馬上回家去；至於沒有兄弟的獨子，可以脫掉軍裝，馬上回家去奉養雙親！』這真是難得一見的仁將啊！」公孫龍讚嘆道。

「沒想到信陵君是這樣的一位公子！難怪平原君的門客都走了一大半！」綦毋軒也讚賞信陵君的仁風義舉。

「與魏國的信陵君相比，齊國孟嘗君的『殺氣』就重了一些！」公孫龍又說道。

「怎麼說？」綦毋軒好奇地問道。

「孟嘗君對待門客一視同仁，吃的飯菜也跟門客一樣，並無山珍海味。這是他深得人心的地方。可是，他卻犯過一件滔天大罪，那就是，當他憑著雞鳴狗盜之徒的幫助，逃出秦國函谷關之後，曾經經過我們趙國，受到平原君的熱烈歡迎。我國百姓久已聽聞孟嘗君是位賢能的公子，於是都爭著想看看他的真面目。然而，等看完後，卻大失所望地嘲笑他說：『我們還以為孟嘗君是個高大魁梧的丈夫，今天一看之下，原來卻是個小矮子罷了！』孟嘗君一聽，十分生氣，便和隨身門客走下車來，一連砍殺了近百人才罷休！」

「沒想到孟嘗君的胸襟這麼狹窄！只不過是幾句嘲笑話而已，犯得著把幾百條人命賠上嗎？」綦毋軒搖搖頭說道。

「所以，信陵君真是位值得天下才士投效的公子！」公孫龍嘆道。

「那，先生是否有意投效信陵君呢？還是…」綦毋軒趁機問道。

「平原君比上不足，比下有餘。我看我還是留在他門下好了！再說，信陵君遲早要返回魏國的！他哥哥魏安釐王還需要他鼎力相助呢！」公孫龍回答道。

「不管先生到哪裡，我們四人都會跟隨先生的！」綦毋軒必恭必敬地說道。

第六章
平原君府舞舌劍

1・名不虛傳

平原君養士數千，其中不乏辯士與說客。桓團、毛公、孔穿與公孫龍都是著名的辯士。公孫龍尤其是辯士中的佼佼者，他雄辯滔滔，所向無敵。其他辯士不服，常在平原君的家中展開唇槍舌劍，互不相讓。邯鄲之危解除之後，來往的辯士更頻繁了。

平原君自知拙於辯論，因此，他總是以聽眾或旁觀者的身分來享受每場辯論的盛宴。然而，辯論是口舌之爭，有時雙方會爭得面紅耳赤，甚至不歡而散。有時會採人身攻擊，讓人下不了台。因此，辯論也講究君子之爭。

當平原君一發現場面火爆的時候，就會出來打圓場，平息各方的紛爭。當然，看在他是主人而且禮賢下士的份上，大家都會收斂一些，免得讓他難堪。至於是否心服，那又是另一回事了。

公孫龍以高唱「白馬非馬」而聲名大噪，因此前來向他挑戰的辯士不計其數，但他都能一一擊倒，屹立不搖。

桓團綽號「懸河團」，他自恃甚高，目空一切。他問公孫龍：「先生主張『火不熱』、『冰不寒』，我實在不敢苟同先生的謬見！」

公孫龍則解釋道：「『火不熱』、『冰不寒』，有什麼不對的地方？火本身並不熾熱，是因為我們皮膚有感覺的功能，才會覺得火很熾熱。同樣的道理，冰本身並不寒冷，是因為我們皮膚有感覺的功能，才會覺得冰很寒冷。」

桓團反駁道：「不對！先生是在強詞奪理！」

公孫龍問說：「如何強詞奪理？」

桓團說道：「如果火不熾熱，人為何怕被火燙傷？如果冰不寒冷，人為何怕被冰凍傷？」

公孫龍反駁道：「人之所以怕被火燙傷，怕被冰凍傷，就是因為人有感覺功能的緣故！請問石頭怕不怕被火燙傷，怕不怕被冰凍傷？」

「當然不怕啦？」桓團說道。

「為什麼不怕？」公孫龍追問道。

「因為石頭沒感覺嘛！」桓團說道。

「既然石頭沒有感覺，又如何能證明火是熱的，冰是寒的？」

「這…」桓團半天答不出話來。

毛公綽號「雄辯公」，他自認自己的辯才已無人能及，因此，他也未把公孫龍放在眼裡。他問公孫龍：「先生主張『目不見』，我覺得毫無道理，完全是自欺欺人的詭辯！」

公孫龍笑問道：「如何個詭辯法？」

「眼睛能看山、看水、看花、看草，只要不是瞎子，什麼都能看得到！怎麼說眼睛會看不到呢？這不是詭辯是什麼？」毛公振振有詞地說道。

公孫龍反駁道：「我問你，靠眼睛就能看到萬物嗎？」

「當然能！要不然瞎子就不會那麼痛苦了！」毛公語氣肯定地答道。

「好！現在把你關進一間暗無天日的房間裡，房間裡不許點火炬，請問，你還看得見東西嗎？」公孫龍笑問道。

「那當然是伸手不見五指了？」毛公不屑一顧道。

「既然伸手不見五指，又如何說眼睛什麼都能看得到？沒有了光線，單靠眼睛是不管用的！你說是不是？」公孫龍咄咄逼人地問道。

毛公理屈詞窮。

孔穿綽號「閃電穿」。是孔子第六代子孫，他能言善辯，恪遵儒術。對於公孫龍的偃兵思想頗為贊同，然而對於「白馬非馬」的學說則很不以為然。

有一天，他來平原君家裡作客，正好遇到他景仰已久的公孫龍。於是他對公孫龍說道：「久聞先生學貫百家，見解獨到，穿想當先生弟子的心願已經存在心裡很久了。唯獨對於先生提倡的『白馬非馬』學說，則萬萬無法接受！先生如果肯將『白馬非馬』學說去掉的話，穿願意馬上當您的入門弟子！不知先生意下如何？」

公孫龍聽了，隨即反駁道：「先生所說的話太不合理了！龍之所以出名，全是因為提倡『白馬非馬』學說的緣故。現在要龍將『白馬非馬』學說去掉，那龍就沒有什麼可以教導先生的了。龍沒有什麼可以教導先生，而先生卻要當龍的弟子，這就太不合理了！更何況，先生想當龍的弟子，乃是因為先生自覺智慧與學問都不如龍的緣故。現在先生教龍去掉『白馬非馬』學說，等於是先教導龍再拜龍為老師，先教導人然後再拜人為老師，這也太不合理了！

再說，『白馬非馬』的學說乃是仲尼先生同意的觀點。龍聽說，楚王張開神弓，搭上利箭，在雲夢獵園射殺蛟龍與犀牛，結果一不小心把神弓給遺失了。跟在他身邊的侍衛請他准許他們去找尋神弓，然而楚王卻說道：『楚王丟了神弓，由楚國人撿到，又何必去找尋呢？』仲尼先生聽到此事，就說：『楚王的心胸還不夠寬大！仁心還未普及天下！他應當說：『人丟了弓，由人撿到！』何必一定要說是楚人呢？

這麼看來，仲尼先生認為楚人跟人是有區別的。現在，先生同意仲尼先生認為楚人跟人是有區別的說法，卻不接受龍『白馬非馬』的學說。這又太不合理了！先生學習儒術而不同意仲尼的看法，要向龍學習卻要龍去掉『白馬非馬』的學說。那，就算是有一百個龍，也教不了先生啊！」

孔穿聽了之後，不知如何回答是好。他心中暗想：「公孫先生果然名不虛傳，言談能直接攻人要害，讓人無言以對！今天我是辯不過他，讓他站了上風，但我口服心不服，下次若有機會，我還要再跟他舌戰一番，讓他當眾出醜，甘拜下風！我若再輸的話，從此就不再踏進平原君府一步！」

2・司徒不語

又有一天，來自韓國的辯士司徒言，一見公孫龍就不服氣地說道：「您就是高唱『白馬非馬』的公孫龍先生？」

「正是在下！不知先生有何指教？」公孫龍語氣平和地說道。

「我是從韓國來的司徒言，人稱『飆風言』，在齊都稷下學宮與我辯論之人，從未有勝過我的！先生浪得虛名多年，是該封嘴閉舌，聽人賜教了！」司徒言大聲說道。

「原來是司徒先生，幸會！幸會！不知先生要辯什麼題目？龍一定奉陪到底。」公孫龍笑問道。

「先生主張『飛鳥的影子是靜止不動的。』我就十分反對這樣違背常識的歪理！因為鳥既然在飛翔，身子必然在移動。身子在移動，那影子自然也在移動啊！怎會靜止不動呢？簡直太無知、太幼稚了！」司徒言指著公孫龍說道。

公孫龍一聽，笑了笑說道：「司徒先生且莫衝動！我問你，如果一隻鳥在半空中飛翔，你用箭射得到牠嗎？」

「只要我箭術高明，自然可射中牠！」司徒言毫不猶豫地答道。

「好！我再問你，你射得中飛鳥，那你射得中飛鳥的影子嗎？」公孫龍又笑問道。

「當然射不到啊！箭怎麼可能射到鳥影呢？就是神箭手后羿在世，也做不到啊！」司徒言依然自信滿滿地答道。

「既然箭無法射到鳥影，就表示鳥身與鳥影是不同的東西，對不對？」公孫龍話鋒一轉問道。

「當然對啊！」司徒言笑答道。

「好！鳥身與鳥影既然是不同的東西，那麼，鳥身在動，鳥影子未必也跟著牠動啊！是不是？」公孫龍望著司徒言笑道。其實，他心裡頭明白，他的論證未必就是正確的，但腦筋不靈活的人是很容易落入他的陷阱中的。

「這…」司徒言果然答不出話來。

過了一會兒，司徒言又說道：「反正你是在詭辯就是了！好，我再問先生一個問題！」

「什麼問題？請說！」公孫龍問道。

「『龜長於蛇』是不是先生提出來的？」司徒言說道。

「是啊！有什麼問題？」公孫龍笑道。

「龜怎可能比蛇要長呢？連三歲小孩都知道烏龜的身子比蛇要短得多！難道先生的智慧連一個三歲的小孩都不如？」司徒言竊笑道。

公孫龍聽了之後，不禁呵呵大笑道：「請問，三歲小孩能見過世界上所有的龜和蛇嗎？司徒先生？」

「當然不能！三十歲的人也沒法見過世界上所有的龜和蛇！」司徒言答道。

「既然無法見過世界上所有的龜和蛇，又怎知沒有比蛇長的巨龜呢？河中沒有，難道海中就沒有嗎？普通陸地沒有，難道荒沙大漠也沒有嗎？」公孫龍追問道。

「這…」司徒言又答不出話來。

「再說這個『長』字，它可以指的是身體的長短，也可以指的是壽命的長短。如果指的是壽命的長短，那麼，龜的壽命要比蛇長多了！先生是想當龜呢？還是想當蛇呢？」公孫龍趁機揶揄道。

司徒言聽了，臉上立即露出尷尬的表情。

半晌之後，他又說道：「飛鳥、龜、蛇，我們暫且不管牠們！還是談談先生的『白馬非馬』吧！三歲小孩都知道白馬是馬，這是人人盡知的常識。為何先生偏偏要標新立異，主張『白馬非馬』呢？難道先生要把雞、鴨、狗、豬都當成馬，把牠們統統關在馬舍裡餵草吃嗎？」

司徒言說完，在場的門客都哄堂大笑。平原君也笑了起來，他望著公孫龍，看公孫龍如何自圓其說。

公孫龍微笑了一下，然後說道：「司徒先生，我問你，你會把雞、鴨、狗、豬當成馬來騎嗎？」

「當然不會！傻子才這麼幹！」司徒言不假思索地答道。

「那你遠遊時要騎什麼、或坐什麼車？」公孫龍追問道。

「當然是騎馬或坐馬車啦！」司徒言答道。

「那，你一次騎幾匹嗎？」公孫龍又問道。

「只能騎一匹！」司徒言答道。

「你騎的那匹會不會有顏色？」公孫龍又問道。

「當然會有顏色啦！天下哪有沒顏色的嗎？不是白的，就是黑的！不是黃的，就是青的！總之，都會有顏色的！這還用問嗎？」司徒言臉上露出不耐煩的表情。

「好！假定你只騎一匹白馬，你能說你騎了所有的白馬嗎？」公孫龍話鋒又一轉。

「當然不能！一匹就是一匹！一匹怎能等於所有呢？」司徒言答道。

「既然一匹不能等於所有，那，白馬能等於所有的馬嗎？」公孫龍又問道。

「當然不能！」司徒言斬釘截鐵地回答道。

「好！既然這樣！請問，我主張『白馬非馬』又錯在哪裡呢？」公孫龍又逼問道。

「這…」司徒言支支吾吾，說不出話來。

3．雄談受教

司徒言離開平原君府之後，不多久，楚國來的辯士劉雄談也來挑戰公孫龍。

他對公孫龍說道：「公孫先生，既然您主張『白馬非馬』，那我請問您，貴國將白馬賜給王公貴族專用，免去了白馬上戰場的義務！那您說，白馬應不應該送去戰場當戰馬？」

公孫龍知道答道劉雄談來者不善，於是回答道：「我主張停止攻伐，各國和平共處。因此，無論是白馬、黑馬、黃馬，任何一匹馬都不應該送去戰場當人的陪葬品！」公孫龍義正詞嚴地回答道。

「喔？照公孫先生這樣的說法，白馬應當也是馬類。那先生主張『白馬非馬』，豈不站不住腳嗎？」劉雄談抓住公孫龍的弱點直攻。

「怎會站不住腳？白馬是馬類，就好比白雞是雞類，白羊是羊類，白虎是虎類一樣，一點也不稀奇。然而，白馬是馬類，並不表示白馬等於所有馬，就好比白雞是雞類，白羊是羊類，白虎是虎類，並不表示白雞等於所有雞，白羊等於所有羊，白虎等於所有虎，你說是不是？」公孫龍隨即反駁道。

「當然是啊！」劉雄談答覆得很肯定。

「那我主張的『白馬非馬』，又錯在哪？」公孫龍高聲反問劉雄談。

「這…」劉雄談頓時答不出話來。

過了一會兒，劉雄談忽然又問道：「公孫先生，『一尺長的木棍，每天分成兩半，永遠都會分不完！』這是不是您的主張？」

「沒錯！就是我的主張！劉先生有何見教？」公孫龍回答道。

「既然是您提出來的主張，那我就不客氣地要指出您錯誤的地方！您不會惱羞成怒吧？」劉雄談說道。

「先生不必給我留半點面子！有話直說！我的修養還沒那麼差吧？」公孫龍氣定神閒地說道。

「好！一尺長的木棍，每天分成兩半，大概不到一個月的時間就分不下去了！怎會永遠都分不完？您的想法未免也太誇張、太不合理了吧？不信，我可以拿一根一尺長的木棍，當著你的面來分分看！看看究竟是您對，還是我對？」劉雄談信心滿滿地說道。

公孫龍聽了，便問說：「一尺長的木棍，每天分成兩半，那麼第一天是幾尺？」

「半尺！」劉雄談毫不考慮就答道。

「第二天呢？」公孫龍又問道。

「半尺的半尺！」劉雄談答道。

「第三天呢？」公孫龍又問道。

「半尺的半尺的半尺！」劉雄談答道。

「那第一百天呢？」公孫龍笑問道。

「半尺的半尺的半尺的半尺的…」劉雄談上氣接不住下氣地答道。

「那第一千天，那第一萬天呢？」公孫龍又笑問道。

「半尺的半尺的…算了！您想累死我不成？」劉雄談搖搖頭說道。

在座的門客聽了，都指著劉雄談哈哈大笑。

這時，公孫龍娓娓說道：「一尺長的木棍，每天分成兩半，這樣分下去，是永遠都分不完的！換句話說，是無窮盡的！只要你找到了適當的工具，就是像沙子那麼細的東西，也都可以再分下去！這在理論上是說得通的！你不能因為自己做不到這點，就說這個主張是錯的！」

劉雄談聽了，隨即說道：「公孫先生說得極是！晚輩受教了！」

4．善論傻眼

劉雄談走後的第三天，魏國的著名辯士姜善論來到平原君府，與眾門客談學論道。當平原君介紹公孫龍讓他認識時，他斜眼看了一下公孫龍，然後冷笑一聲道：「閣下就是大名鼎鼎的公孫龍先生？」

「是的！」公孫龍很有禮貌地回答道。

「你整天高唱『白馬非馬』，我問你，你騎過白馬嗎？」姜善論仍然斜視著公孫龍。

「見過，但從未騎過！」公孫龍也語氣平和地回答道。

「那你見過白石嗎？」姜善論仍然一副盛氣凌人的樣子。

「見過！」公孫龍答道。

「那你摸過白石嗎？」姜善論追問道。

「摸過！」公孫龍又答道。

「好！在座的諸位貴賓，既然公孫龍先生從未騎過白馬，只摸過白石，那我今天就放他一馬，不跟他辯論『白馬非馬』，只跟他辯論白石！諸位覺得如何？」

姜善論話剛說完，全場都哄堂大笑。

「好！公孫先生，我先問你！一塊石頭能不能又白又硬？」姜善論隨即展開攻勢。

「能！」公孫龍答道。

「既然能，你為何主張石頭的白色和堅硬是各自獨立，不相融合的！」姜善論語氣咄咄逼人地問道。

「好！那我來問姜先生！你用眼睛能看到石頭的堅硬嗎？」公孫龍反問道。

「笑話！當然看不到！你能看到嗎？除非你是神仙！」姜善論說道。

「我當然也看不到！因為我不是神仙！」說完，公孫龍又問道：「好！那我再問姜先生！你用手能摸到石頭的白色嗎？」

「笑話！當然摸不到！難道你就能摸到嗎？」姜善論又說道。

「我當然也摸不到！不但我摸不到！我們在座的每一個人也都摸不到！因為，顏色是用眼睛看出來的，不是用手摸出來的！堅硬則是用手摸出來的，而不是用眼睛看出來的！」公孫龍解釋道。

在座的賓客都紛紛點頭說：「公孫先生說的有道理！」

「好，姜先生！假定你騎白馬因為騎得太快，從馬背上摔下來摔斷了雙手，請問你還能摸出石頭的軟硬來嗎？」公孫龍笑問道。

「當然不能！可是，我目前並不缺手缺腿啊！」姜善論面色不悅地說道。

「那只是假定而已！姜先生用不著擔心！再假定你的眼睛因為亂吃草藥而雙目失明，請問你還能看出石頭的顏色來嗎？」公孫龍又笑著問道。

「等等！為什麼我就這麼倒楣！一會兒摔斷雙手，一會兒又成了瞎子？」姜善論怒容滿面地說道。

聽了姜善論的話，全場又是一陣大笑。

這時公孫龍說道：「這些都是假定，姜先生用不著介意！你只要回答我，能或不能？」

「當然不能！眼睛失明的人別說是看不出石頭的顏色，就是任何東西的顏色，他都無法看到！」姜善論回答道。

「好，我再問你！有人如果說：『我看到一塊堅硬的石頭。』或『我摸到一塊白色的石頭。』這樣的說法通不通？」公孫龍追問道。

「當然不通！他應該說：『我看到一塊白色的石頭。』或『我摸到一塊堅硬的石頭。』才對！」姜善論答道。

「好！根據你方才的說法，那麼我主張石頭的白色和堅硬是各自獨立，不相融合的！又錯在哪裡？」公孫龍大聲反問道。

姜善論頓時傻眼，不知如何回應。

5・閔滔辭窮

姜善論離開平原君府之後的第四天，燕國的第一辯士呂閔滔也來到了邯鄲。當他得知公孫龍就是平原君的上賓時，恨不得趕快跟公孫龍面對面辯論一番。因為，對辯士來說，只有通過唇槍舌劍的論戰，才能彰顯他們的存在價值；而能跟旗鼓相當的名人辯論，更是他們夢寐以求的事情。

「公孫先生，您駕駛過馬車嗎？」呂閔滔一見公孫龍，就問他道。

「駕駛過！」公孫龍回答道。

「好！既然您駕駛過馬車，您就該知道車輪在運行時是碾地的！現在居然有人說『車輪不碾地。』您同意他的看法嗎？」呂閔滔追問道。

「為什麼不同意？」公孫龍昂首反問道。

「因為那是不合常識的歪理啊！」呂閔滔揚眉回答道。

「哪裡不合常識？請呂先生指出來給大家聽！」公孫龍隨即問道。

「好！車輪如果不輾地的話，難道它騰空而飛不成？您以為馬像龍一樣，會在天空飛翔嗎？」呂閔滔質問道。

呂閔滔說完，在座的賓客都笑了出來。公孫龍也開懷大笑。

停了一會兒，他不慌不忙問道：「呂先生有穿鞋子來嗎？」

「當然有穿啊！不穿鞋子打光腳，那多沒禮貌啊！我的鞋上還鑲了珍貴的珠玉呢！」呂閔滔傲然回答道。

「那我請問您，您的鞋底能完全著地嗎？」公孫龍笑瞇瞇地問道。

「當然可以啊！要不然人早就摔倒了！」呂閎滔不假思索地回答道。

「好！我再問您！船底與水面完全接觸嗎？」公孫龍又笑著問道。

「那當然啊！要不然船隻怎麼浮在水面上呢？您也問得太奇怪了！」呂閎滔面露不悅之色。

「一點都不奇怪！呂先生，您想想看！鞋底能完全著地，船底也能與水面完全接觸。可是，整個車輪能完全輾地嗎？它每轉動一下，只有一小部分與地面接觸。如果你不信的話，我們現在立刻就拿輛馬車來試試！你敢不敢？要是你能讓整個車輪完全輾在地面上，我公孫龍馬上躺在地上，讓你駕的馬車從我身上輾過，我毫無怨言，就算殘廢，也不用您賠償！這樣總可以了吧！」公孫龍指著門外的馬車說道。

呂閎滔一聽，趕緊說道：「公孫先生！不用試了！再試也不可能讓整個車輪完全輾在地面上！除非把車輪拆散，鋪在地上！」

「諸位！拆散之後的東西，還能叫『輪』嗎？」公孫龍面向大家說道。

在座的賓客聽了，紛紛翹起大拇指讚賞公孫龍的辯才，平原君也不例外。

呂閎滔雖然辯輸公孫龍，但他內心非常不服氣，於是他又問公孫龍說：「公孫先生！『事物的名稱並不等於事物本身。』這是你主張的嗎？」

「沒錯！是我主張的！」公孫龍回答道。

「我覺得您又跟常識唱反調了！」呂閎滔不以為然地說道。

「那，常識怎麼說？您倒說說看！」公孫龍笑問道。

「常識認為，『事物的名稱就等於事物本身。』！」呂閎滔隨即說道。

「好！『事物的名稱就等於事物本身。』那，『寶劍』這兩個字就等於真正的寶劍，『鞋子』這兩個字就等於真正的鞋子囉？」公孫龍追問道。

「當然是啊！」呂閎滔毫不考慮地說道。

「好，我請問您，既然您認為，『寶劍』這兩個字就等於真正的寶劍，『鞋子』這兩個字就等於真正的鞋子。那，我現在在竹簡上寫上，『寶劍』和『鞋子』這兩個字送給您，您肯收下嗎？」公孫龍緊追不放。

「我收竹簡幹嘛？它們既不能配在腰間，又不能穿在腳上！」呂閎滔氣憤地說道。

「好！它們既不能配在腰間，又不能穿在腳上。這就表示它們不是真的寶劍和鞋子！那我說的『事物的名稱並不等於事物本身。』又錯在哪裡？」公孫龍反問道。

呂閎滔頓時啞口無言。

過了一會兒，呂閎滔又問公孫龍說：「有人主張『郢都有天下。』我覺得這句話太不合理、太違反常識了！郢只是楚國的一個都城，它豈等於整個楚國？而楚國只是天下的一部份，它又豈能等於天下？」

公孫龍笑答道：「『郢都有天下。』這麼說也沒錯啊！」

「怎麼說沒錯呢？我倒要聽聽您的見解！」呂閎滔不以為然地說道。

「如果楚王能兼愛天下，贏得天下人心的話，那他以郢城為國都，郢都自然就等於天下了。您說是不是？」

「這…」呂閎滔又辭窮了。

平原君聽完這場辯論之後，對公孫龍的辯才萬分佩服。只不過令他感觸良深的是，方才的辯論題目『郢都有天下。』若是能改成『邯鄲有天下。』，那趙國就有希望了。只是，他也知道，這是他一廂情願的想法罷了。

6・荀況斥責

過了不久，荀子這位學界領袖從齊國稷下學宮來到趙國邯鄲謁見趙孝成王。這時楚國大將臨武君也在場。

趙孝成王因為長平之戰，被秦軍坑殺四十萬趙兵；邯鄲之役，又幾乎為秦軍所破，因此急於了解用兵強國之道。公孫龍一向主張偃武修文，與他思想格格不入，因此，他特別求教於荀子和臨武君兩位懂得用兵強國之道的才士。

臨武君畢竟是武將出身，所以他談的用兵之道，都是在強調天時、地利以及兵不厭詐戰術之運用，而荀子則強調民心歸附及仁義之兵。

這場御前辯論很快便傳到了公孫龍及四大弟子耳中。

綦毋子問道：「荀況先生與臨武君辯論用兵之道後，大王立即奉荀況先生為上卿，荀況先生所受禮遇不下於虞卿！先生認為大王真能接受荀況先生的用兵之道嗎？」

公孫龍答道:「荀況先生講的民心歸附及仁義之兵的大道理,大王表面上會加以稱讚,但私底下他還是贊同臨武君的看法!」

「那不是表裡不一,十分虛偽嗎?」綦毋子不以為然地說道。

「國君總是明著要擺出仁義面孔,暗地裡又喜歡用不仁的手段來贏得勝利!所以我的偃兵主張行不通,早在意料之中!也許,不久的將來,我還是會往著書立說的路子走吧!」公孫龍長嘆了一聲。

隔了幾天,公孫龍碰巧在平原君家裡遇到了荀子。

荀子的大名早已如雷貫耳,因此,公孫龍見到荀子這位學術泰斗時,很有禮貌地向他打招呼。

當荀子透過平原君的介紹,知道眼前的這位賓客就是高唱「白馬非馬」的公孫龍之後,便與他爭論起來。

荀子劈頭就說:「這個社會名與實之間的關係已經夠亂的了。有人主張『殺死強盜不是殺死人』、『抓小偷不是抓人』,又有人主張『白狗黑』、『高山和深淵一樣平』。這些人唯恐天下不亂,實在該受到嚴厲的批評才對!」

「荀況先生且莫生氣!所謂『殺死強盜不是殺死人』,主要的目的在於區別特殊情況與一般情況這兩個不同的情況。強盜既是惡人,殺死他自然無罪。若是殺了一般人或俗稱的好人,那就得判刑坐牢了!所以,『殺死強盜不是殺死人』這句話是站得住腳的!假設先生遇到了強盜,被洗劫一空,先生往官府報案時,應該說:『我遇到了強盜!』,還是應該說:『我遇到了人!』?」公孫龍明白荀子的言外之意,因此他也「先禮後兵」地問道。

「當然應該說：『我遇到了強盜！』。」荀子語氣肯定地答道。

「可不可以說：『我遇到了人！』？」公孫龍追問道。

「當然不可以！」荀子說道。

「為什麼不可以！」公孫龍緊追不捨。

「因為，說：『我遇到了人！』，官府以為你在跟他們開玩笑！自然不會去追捕強盜了！」荀子說道。

「這麼說來，『強盜』就不是『人』囉！既然『強盜』不是『人』！那麼，主張『殺死強盜不是殺死人』，又錯在哪裡呢？」公孫龍問道。

「這…」荀子頓時語塞。

「好！我再請教先生！如果先生家裡遭小偷，先生應該說：『我家遭小偷了！』，還是應該說：『我家遭人了！』？」公孫龍又問道。

「當然應該說：『我家遭小偷了！』。那有人會說：『我家遭人了！』？這樣說，豈不笑掉人的大牙？」荀子說道。

「好！照先生的說法，那麼，『小偷』還是不是『人』？」公孫龍又趕緊追問道。

「『小偷』當然不是『人』啦！」荀子也迅速回答道。

「既然『小偷』不是『人』！那麼，主張『抓小偷不是抓人』，又錯在哪裡呢？」公孫龍再問道。

「這…」荀子又答不出話來。

「『白狗黑』的說法會讓人難以接受，就是因為我們習慣了「黑白不並存」的極端思想的緣故。難道白狗身上就不能有一大塊黑毛或一大半黑毛嗎？同樣地，黑狗身上就不能有一大塊白毛或一大半白毛嗎？難道我們只允許白狗全白，黑狗全黑才行嗎？而事實上，狗的毛色本來就很雜，誰能限定牠只能有一種單純的顏色？我就見過一隻頭黑身白的白狗，這難道不能叫『白狗黑』嗎？至於『高山和深淵一樣平』的說法，從表面上看會覺得極不合理。可是，如果天地倒轉起來，不就一樣平了嗎？，其實，所謂高和低，都不過是暫時的、相對的概念罷了！我們做學問的人腦子應該要靈活一點才對，不知荀況先生同不同意我的看法？」公孫龍進一步解釋另兩個荀子無法贊同的說法。

荀子一聽，氣得七竅生煙，立即斥責公孫龍道：「雖然我荀況無伶牙俐齒，辯不過先生的巧言詭辭！但我知道，聖人制定名稱，就是要百姓遵守，不可將其意義弄亂。現在，公孫先生卻大言不慚地支持這些謬論，實在有違聖人的本意啊！我雖不知公孫先生師承何人，但我敢確定先生一定不是儒者！因為，儒者是不可能有你這種離經叛道的言論的！做人要一板一眼，做學問也要一板一眼，千萬不可譁眾取寵！為了表示我個人對這些詭辯之士的極度不屑與不滿，將來我一定要撰寫一篇〈正名論〉來糾正這些亂象！絕不能輕易放過他們！」說完後，狠狠瞪了公孫龍一眼。

公孫龍見荀子與他的觀念分歧甚大，便和顏悅色說道：「今天有幸與荀況先生相會，彼此切磋學問，此乃我的最大榮幸！我要謝謝荀況先生的指教！將來我也會撰寫一篇討論名實關係的文章來說明我個人的看法！」

「好！我倒要看看，是你行還是我行？」荀子笑瞇瞇地說道。

「到時候自然可比出個高下來！」公孫龍也笑著說道。

「高自然是我荀況，低自然是你公孫龍了！這還用得著說嗎？」荀子呵呵大笑道。

公孫龍聽了，不發一語，只對著荀子微微一笑。

綦毋軒等人見狀，也都勉強露出了笑容。

離開平原君府後，綦毋軒問公孫龍：「荀況先生與先生爭辯時，學生感覺先生居於上風，荀況先生處於下風。因此他惱羞成怒，對先生說出重話！他雖然是當今學界領袖，但在名實問題上，他會比先生有洞見嗎？學生頗為懷疑！」

公孫龍則答道：「荀況先生來自稷下學宮，那裏乃是百家爭鳴之地，他能在那裏成為眾人景仰的對象，自有他的本領在。我們千萬不可小看他！至於在名實問題上，誰較有洞見，恐怕得見到書之後才能分曉！」

綦毋軒聽後，不再多言。但他內心明白，在名實問題上，他的老師公孫龍一定會有獨特的看法，而這個看法便是荀況先生難以企及的地方。至於辯才，他也覺得當今天下，再也找不出第二個像公孫龍這麼機智善辯的辯士了。

第七章
白馬華車顯尊榮

1・白馬出城

公孫龍的辯才逐漸引起了朝野的注意。當趙孝成王風聞公孫龍的機智善辯之後，特別召見平原君說：「您的賓客公孫先生高唱『白馬非馬』，您不妨出一道題考考他的機智與辯才，看看他是不是空有虛名！」

「如何考法？」平原君問道。

「借他一匹白馬，看他能不能騎出邯鄲城外！如果騎不出城，就表示他的『白馬非馬』學說不攻自破！請他自動離開邯鄲城，永遠不得回來！」趙孝成王說道。

「如果他能騎出城呢？」平原君問道。

「寡人就賜他白馬兩匹，華車一輛，供他外出專用！」趙孝成王回答道。

「好！」平原君點頭說道。

於是，平原君召見公孫龍說：「先生一直高唱『白馬非馬』，早已引起眾人非議。趙勝雖拙於說辯，但常聽先生與天下知名辯士針鋒相對，對先生的辯才佩服之至。現在，大王令趙勝借先生一匹白馬，先生若能將此白馬騎出邯鄲城門外，大王就賞先生白馬兩匹，華車一輛，供先生外出專用！但是…」平原君停頓了一下。

「但說無妨！」公孫龍氣定神閒地說道。

「但是，如果先生騎不出城，就表示先生的『白馬非馬』學說不攻自破！請先生自動離開邯鄲城，永遠不得回來！」平原君繼續說道。

「好！讓我試一試！」公孫龍笑著說道。

「趙勝會派人一路『保護』先生，緊盯著先生的行蹤！隨時向大王報告呢！」平原君也笑著說道。

戰國時代，由於戰爭頻繁，馬匹屬於戰備用品，受到嚴格管制，所以通常馬匹是不能隨意出關的。除非是外交人員出國談判，或有特別任務，經過高層特准者才能放行。

平原君將白馬一匹借給公孫龍之後，公孫龍便一人騎著白馬來到邯鄲城的城門口。守城的衛兵見狀，立刻將他攔下，說：「奉上級命令，馬不能出關！還是請您騎回去吧！」

「馬不能出關？但我騎的只是一匹白馬，而一匹白馬並不等於馬！」公孫龍在馬上大聲說道。

「白馬怎麼不是馬呢？」守城衛兵大惑不解。

「因為，白指的是顏色，而馬卻指的是形體。顏色不等於形體！當然白馬非馬啦！怎麼？你連這麼簡單的道理都不懂嗎？」公孫龍瞪著守城衛兵說道。

「顏色不等於形體，所以白馬非馬！既然白馬非馬，當然就可以放他出關啦！」守城衛兵則望著白馬自言自語道。

公孫龍趁守城衛兵的腦子還摸不清東南西北時，便大搖大擺騎出了城外。

公孫龍騎白馬出邯鄲的事情立刻傳遍邯鄲城內外。趙孝成王為了遵守諾言，立即召見公孫龍，賜他白馬兩匹，華車一輛；兩匹白馬又分別賞賜御名為「飛霜」與「飛雪」。從此，公孫龍聲名遠播，獲得了「白馬龍」的尊號。

公孫龍是第一位榮獲白馬華車的平民客卿，他的尊榮與王公貴族不相上下。他的四位弟子十分欽佩他的機智辯才，於是私下問道：「先生何以有把握能將白馬騎出城外？」

公孫龍撫髯笑道：「我之所以能將白馬騎出城外，靠的是三個條件！」

「哪三個條件？」四位弟子齊聲問道。

「第一個條件就是決心！我對自己說：一定要將白馬騎出城外，否則我跟弟子都要被趕出邯鄲城！我也會名譽掃地，一輩子抬不起頭來！第二個條件就是氣勢！在氣勢上我比守城衛兵要強得多！一來我騎的是白馬，在趙國，只有王公貴族才能擁有白馬，所以守城衛兵在氣勢上就矮了一截。二來，我說話時炯炯的眼神，果斷的口氣，使得守城衛兵在氣勢上又弱了一截。第三個條件就是機智與辯才！通常，守城衛兵的智慧都不夠高，口才也平平。他們對於一些高深的問題，既無研究，也無快速的反應。當然聽得一頭霧水，不知所措啦！就因為靠著這三個條件，我才能將白馬雙腳踏出城門外。只要踏出半步，我就是贏家！」公孫龍娓娓解釋道。

「原來如此！」四位弟子同聲讚嘆道。

2・與有榮焉

擁有白馬，是公孫龍兒時的一個夢想。他父親認為公孫龍一輩子都不可能擁有王孫貴族專有的白馬。然而，公孫龍的夢想終於實現了。只是，他擁有白馬時，已經六十多歲，而他的雙親都已先後病故，看不到公孫龍享有的至高尊榮。

「爹！您不用替孩兒買白馬，孩兒現在已經擁有兩匹白馬了！您在天上看到了嗎？娘！要是您看到的話，也一定會為孩兒高興的！」有時候，公孫龍會一個人在院子裡對著蒼天默念道。

其實，他到大了才知道，在趙國只有王公貴族才有資格擁有白馬，平民是無法擁有的。他小時候不懂事，還希望父親在他長大後買一匹白馬給他騎。事實上，就算他父親發了財，也沒法子買匹白馬給他的。他不怪他父親言而無信，因為他已經懂事了，知道白馬的特定用途了。

公孫龍的女兒公孫彤得知父親擁有白馬華車之後，特地跟著丈夫，帶著兒孫，從遠方趕回來向他祝賀。

「彤兒，妳還記得妳小時候，爹要當馬給妳騎時，妳不肯騎，非要吵著讓爹變成一匹白馬，妳才肯騎上去這件事嗎？」公孫龍一見到公孫彤，就想起了有趣的往事來。

「女兒當然記得啦！當時爹答應我等我長大了買一匹白馬給我騎之後，我才肯騎在爹身上的。」公孫彤笑著回答道。

「那妳會怨爹說話不算數嗎？」公孫龍又問道。

「不會！因為，後來女兒才知道這個要求是強人所難的！」公孫彤回答道。

「那就好！」公孫龍笑容滿面地說道。

「爹！今天我們一家人都要騎騎白馬，坐坐馬車，過一下子癮，您說好不好？」公孫彤順便提出了一個要求。

「好啊！妳們難得回來一趟，說什麼也該讓大家過過癮才行！」公孫龍歡天喜地地說道。

於是公孫彤一家人都去跟「飛霜」與「飛雪」親近去了。公孫龍樂得嘴都合不攏來。上官嫣紅見他如此興奮，自己也樂得笑逐顏開。

公孫龍外出的時候，通常都是由他親自駕駛白馬華車，四位弟子徒步隨行。有時弟子想代勞駕駛，他都以尚未體衰為由，堅持親自馭馬。而他馭馬的技術連弟子看了都稱讚不已。

「先生！您的馭馬技術高超無比，您是跟何人學習的？」綦毋子很好奇，於是問道。

「我是在邯鄲城外兼愛村跟上官守白先生學習的！他是墨者，會很多技術。他曾對我說過，要周遊列國，就必須熟悉駕馭馬車之術！因此，我就認真跟他學習馭馬這一門技術！」

「原來如此！」綦毋子點了點頭。

每當公孫龍駕白馬華車走過大街時，總會有一群人在旁邊向他招手說：「公孫先生，您真了不起！您是第一位擁有白馬華車的平民！這是我們邯鄲城所有百姓的榮耀！」而他聽了之後，心中既有無比的感觸，也有無比的欣慰。

四位弟子跟在白馬華車之旁，則有一種與有榮焉的感覺。他們看到自己的老師受到如此的尊敬，他們也覺得跟對了老師，臉上遂洋溢著得意的神采。

綦毋軒心中暗想著：「要是我也能有一輛白馬華車，那我一定駕著它周遊列國去，讓天下人都知道我綦毋軒的大名！」

南宮仁則幻想：「若是大王肯賞賜我一輛像先生這樣高貴的白馬華車，那我一定效忠他到底，至死不渝！」

司馬信則心想：「先生有兩匹白馬，一輛華車，我只要一匹白馬，能騎著牠四處奔馳，就心滿意足了！」

歐陽嘯更是大發奇想：「我若是有一匹白馬，我會好好訓練牠，把牠騎到一里之外的地方，然後我下馬走一里之路，再從一里之遠的地方呼叫牠的名字，讓他朝我直奔而來！那種感覺可真過癮極了！」

為了讓公孫龍的白馬華車得到完善的保養，平原君還特別派人在公孫龍家院子裡蓋了一間馬棚，免除了白馬日曬雨淋之苦。至於馬的飼料以及馬的保健問題，也都有專人在負責料理。因此，公孫龍只管駕車、只管賞馬就夠了，其餘的雜事，根本就用不著他去操心。

3・獨得其樂

擁有一車二馬，使得公孫龍有機會對白馬做進一步的觀察。

他發現，乍看之下，兩匹白馬無論在身高、形狀或顏色上，並沒有多大的區別，彷彿就像是雙胞胎一樣。但仔細再觀察幾遍，就會發現：「飛霜」額頭上的鬃毛有兩根是灰色的，而「飛雪」額頭上的鬃毛則全是白色。「飛霜」的尾巴有三根是灰色的，而「飛雪」的尾巴則全是白色。再看那對小耳朵，「飛霜」的左耳內有十根黑毛，而「飛雪」的左耳內連一根黑毛也沒有，倒是右耳外長了五根小黑毛。

公孫龍觀察「飛霜」與「飛雪」一陣子之後，突然想到：「飛霜」與「飛雪」身上馬毛的數量會不會完全一樣？如果不一樣的話，到底是誰的毛較多？多了幾根？他心裡頭明白，要他一根一根去計算「飛霜」與「飛雪」身上的馬毛，那是非常棘手的事情，也幾乎是不可能的事情。但他可以斷定的是：這世界上應該沒有兩隻馬的馬毛是一模一樣的。

之後，他又想到了另一個問題，那就是，「白馬」的嚴格定義是什麼？是不是要全身上下每一部位，甚至每一根毛都是白色的馬，才能稱之為「白馬」？如果一匹馬的鬃毛是黑色的，而其餘部分則全是白色的，可不可以叫做「白馬」？還有，如果一匹馬的毛色全身一半黑一半白，那，到底要叫牠「黑馬」或「白馬」，還是「黑白馬」或「雜馬」？他越想越覺得語文符號有它的侷限，實際上有些馬的顏色，很難找到適切的名稱來形容。馬之外，萬物的顏色就更複雜萬端了，哪是「五顏六色」或「七色」幾個字就能涵蓋殆盡的？

更令他費盡心思去想的一個問題就是：「馬」是個總稱，它的涵蓋面非常之廣，無論白馬、黃馬、黑馬、青馬等各式各樣的馬匹，無論死去或尚未出生的馬匹，都在它的指涉範圍之內。

問題來了，我們真能看到所謂的「馬」嗎？還是我們看到的只是一匹匹叫「飛霜」或「飛雪」的有特定顏色的馬匹，而「馬」只是我們腦海中的一個籠統的總稱吧了！我們永遠都休想看到「馬」的！這麼說來，「飛霜」不等於「白馬」，而「白馬」自然也不等於「馬」了。

公孫龍從觀察白馬中，發現了許多有趣又值得探究的名實問題，令他欣喜若狂。可是，他也很清楚，就連他的四位弟子也不見得個個都會對這類問題感到興趣，更別說一般村夫村婦了。因此，他只有把這份莫大的喜悅埋藏在心底，自己獨得其樂。

4・淡淡一笑

每當公孫龍駕著白馬華車從家中外出，或由平原君府返回家中時，他的鄰居總會圍著白馬華車觀看不已。有人讚美白馬，有人則讚美華車。

小孩子更是問東問西，對白馬充滿了好奇心。這時，就會令他想起自己三歲時在大街上初見白馬的驚訝情景。當時，他在大街上只能遠看，不能近摸，心裡總是有些遺憾。如今則不同，鄰居小孩來看白馬，他總會抱著他們讓他們騎在馬背上玩一下，或讓他們摸摸白馬的頸毛。於是。小孩子都玩得很開心，不停地說道：「謝謝公孫爺爺！」，他自己也有一種童心未泯的感覺。

鄰居婦人見到公孫龍妻子上官嫣紅時，免不了要誇獎她幾句：

「公孫夫人，您真是有福氣啊，有公孫先生這麼尊貴的丈夫！」

「公孫夫人，您真是有眼光啊，嫁了這麼個好丈夫！」

「我那庸俗的丈夫，一輩子都趕不上公孫先生呢！唉！我真後悔當初選錯了對象！」

上官嫣紅聽了，心裡頭有說不出來的高興。她知道，當初她沒選錯人。只不過，鄰居羨慕的是國君賞賜的白馬華車，她更欣賞的卻是公孫龍的仁心與辯才。而這些特長，卻是外人所難以理解的。

看著公孫龍每天笑容滿面地駕著白馬華車進進出出，她也著實為公孫龍高興。她希望自己的丈夫能一直這麼快樂地生活著。

有些鄰居看見公孫龍夫婦擁有白馬華車後，又建議上官嫣紅說：

「公孫夫人，您與公孫先生有了這麼高貴的白馬華車，可是，您目前住的房子還是陳舊不堪，為什麼不向大王或平原君索取一棟寬敞舒適的華屋呢？」

「是啊！除了華屋之外，最好再配置幾個丫環來伺候您，那才叫享受榮華富貴呢！」

「對！對！對！除了丫環之外，還要有年輕貌美的小妾，才配得上公孫先生的高貴身分呢。您說是不是？」

「別忘啦！還有山珍海味，綾羅綢緞，金銀財寶，也都能顯出王公貴族的大氣派呢！」

上官嫣紅聽多了這些話，也就不答腔，只是淡淡一笑罷了。

5．美人非人

公孫龍揚名之後，確實給他帶來了尊榮。但。他並不是像張儀和蘇秦那樣貪圖榮華富貴，立場搖擺不定的人。他知道什麼該取，什麼不該取，他心中有一把衡量取捨的玉尺。

他時常警惕自己，不要被權勢沖昏了頭！更不要被美色迷惑了心。權勢與美色是福還是禍，實在很難說得準。當然，他也知道他的這種想法，會被一般權貴人士所取笑。但，他並不在意別人的看法。

有一天晚上，平原君在府裡宴請朝廷官員，公孫龍也在受邀名冊之中。席間，不僅有滿桌的山珍海味，更有數十位年輕貌美的女子跳舞助興。釵光鬢影，玉面粉頰，看得在場官員個個心花怒放。而曼妙的舞姿，更是讓人陶醉不已。

在觥籌交錯，酒酣耳熱之際，平原君忽然笑問公孫龍說：「先生已擁有白馬華車，地位尊貴不下王公貴族，不知先生目前是否有納妾之意願？」

公孫龍一聽，隨即揮手道：「龍家中已有老妻，不適合再納小妾了！」

平原君聽了，呵呵大笑道：「誰說家中有老妻就不能再納小妾了？在座的王公大臣，哪個不是妻妾成群的？在我們這個社會，寵妾越多就代表身分越尊貴！先生是不是除了對白馬有興趣之外，也該對美人多加關愛才是？」

在座官員聽了之後，於是紛紛打趣道：

「公孫先生可能平日懼怕老妻，才不敢納妾的！是吧？」

「公孫先生是否體力衰退，已經無福消受美人了吧？」

「公孫先生難道已有意中之人？」

大家你一言，我一語的，都拿公孫龍作為消遣對象。

公孫龍於是拱手答謝道：「諸位對龍的美意，龍在此心領了！龍與老妻結婚已四十載，獨生女兒早已嫁至遠方。目前只剩龍與老妻相依為命，白頭相望。因此，龍實無納妾之需要！區區之心，還請在座的王公大臣諒察！」

平原君聽公孫龍這麼一說，直呼：「太可惜了！太可惜了！方才在席前跳舞的美人當中，有一對姊妹，姊姊叫做「飛虹」，今年十八歲；妹妹叫做「飛霞」，今年十七歲。兩人才貌出眾，壓倒群芳。我想，先生已有「飛霜」與「飛雪」兩匹白馬，再配上「飛虹」與「飛霞」兩位白皙美人，那真是相得益彰啊！我本想將她姊妹倆送與先生為妾，讓他們好好侍候先生。既然先生與夫人如此恩愛，我也就不勉強先生納妾了！若先生何時改變心意，可隨時告訴我，我一定會幫先生達成心願的！」

「謝謝您的熱忱與美意！龍一直以為：馭馬易，馭妾難！這等好事還是讓給有福之人去消受吧！」公孫龍笑說道。

在座的官員見公孫龍確無納妾之意，也就不再催促他納妾了。

晚宴結束後回到家中，公孫龍把宴席之間平原君所提的納妾之事，一五一十地告訴了他的妻子上官嫣紅。

上官嫣紅聽了則笑著說道：「夫君若有意納妾，我是不會反對的！家裡多了兩位擅舞的美人，不是更熱鬧些了嗎？說不定還可添個寶貝男孩呢！」

公孫龍一聽，趕緊打趣道：「賢妻千萬別這麼說！既然我一向主張『白馬非馬』，那，在我公孫龍眼裡，『美人』自然『非人』啦！既然『非人』，我幹嘛要納入家中？賢妻，妳說是不是？」

上官嫣紅聽了之後，明白公孫龍的心意，也就笑而不語了。

6・終身追求

公孫龍除了不納妾之外，他也始終保持客卿身分，從未向平原君或趙王謀求過一官半職。

他的大弟子綦毋軒曾經問他：「蘇秦佩六國相印，范雎當了秦相，虞卿也當了趙國相國之職，就連學者惠施先生也擔任過梁惠王的相國。他們都身居要職，為何先生卻一直保持客卿身分呢？」

公孫龍答道：「我對為官的興趣本來就不大，我反對征伐，自然不會去做武將。如果我要去做武將的話，我早就去學習射箭了！文官要聽命於君主，君主又未必賢能，與其勉強行事，還不如當客卿來的清高與自由！」

「清高是清高，自由是自由。可是，先生當客卿的結果，只不過多了兩匹白馬和一輛華車罷了，其他的榮華富貴一點也沒沾到。先生認為這樣子划算嗎？」綦毋軒又問道。

「那就要看個人的價值觀了！其實，我的白馬華車是靠我的『白馬非馬』辯才獲得的榮耀，與戰功、政績毫無關係！而擁有白馬是我兒時的一個夢想，如今能實踐這個美夢，我已心滿意足。其他如黃金、白璧，高官、厚祿、美人、華屋等等，都不是我所想要追求的東西！」公孫龍娓娓答道。

「那先生所要追求的是什麼？」綦毋軒再次問道。

「對純思維的探索與對偃兵的堅持！」公孫龍答道。

「學生認為這兩者都太難達到了！」綦毋軒嘆道。

「就算再難，我也要勇往直前，絕不退縮！」公孫龍語氣堅定地說道。

過了一會兒，公孫龍又對綦毋軒說：「對了！墨翟先生與孟軻先生的弟子都有為官的。如果你們當中有人想為官，可以告訴我，我會向平原君推薦你們。畢竟人各有志，我不能耽誤你們一展長才的機會！」

綦毋軒聽了之後，便說：「學生對為官也無興趣，只願終身追隨先生，學習先生的精神！」

「那，南宮仁、司馬信與歐陽嘯他們三人的志向呢？是否也跟你一樣？」公孫龍問道。

「他們三人似乎也無為官的打算！也許和學生一樣，都會終身追隨先生吧！」綦毋軒說道。

公孫龍聽了，臉上遂泛起一絲笑意。

7・久享榮耀

邯鄲危機解除之後，一轉眼趙孝成王已即位十年，為了慶祝趙孝成王登基已滿十年，平原君與其他大臣都在商議慶祝的方法。

有人建議以千人載歌載舞的盛大場面來慶祝，有人建議校閱戰馬步兵，展現強大的國力；有人則建議校閱白馬華車，祝福國家禎祥。平原君覺得，第一個建議太老套，即使人數再多，也了無新意；第二個建議，乍看之下，似乎有炫耀國威的意思，若是弄不好，引起秦王的誤會，那就弄巧成拙了。第三個建議倒頗有新意，以前從未舉辦過，不妨一試。於是，他召集宮廷的相關人員會商大計。

宮廷管理馬車的主管開始評估此一計畫的可行性。據馬車主管初步估計，邯鄲城內尚有將近三百匹的白馬可來參加大典。

「我們趙國不是還有四百匹白馬嗎？怎麼一下子就少了一百多匹呢？」平原君問馬車主管。

馬車主管解釋道：「四百匹？那是六十年前的統計數字了。由於馬瘟以及母馬的流產情形嚴重，因此，數量越來越少，能維持三百匹的白馬，已經是難能可貴的了！其他國家的白馬數量遠比我們趙國還少呢！」

平原君了解內情之後，也就不再多問了。他將校閱白馬的構想稟告了趙孝成王，趙孝成王本想謙辭，但在平原君的再三說服之下，終於答應了這個建議。其實，趙孝成王心裡很想舉辦校閱白馬大典，因為，他想看看趙國的白馬聚集在一起時的壯觀場面，以及王公貴族對他的效忠之心。只是，他擔心此舉會引起人民的議論罷了。後來經過平原君的客觀分析，了解這個校閱白馬大典主要是在為國祈福，他也就欣然答應了。

趙孝成王應允之後，緊接著就是籌備工作。除了迅速搭建閱馬台、劃分觀禮區之外，最重要的一項工作，就是通知擁有白馬的王公貴族，請他們隨時待命。換言之，就是要他們趕緊把馬匹保養好，把華車裝飾好，車主也得重視自己的健康及儀容。

當然，公孫龍獲趙孝成王賞賜白馬兩匹，華車一輛，自然也接到口頭通知，請他準時參加趙孝成王的校閱白馬大典。

校閱白馬大典的流程是，先由單騎通過閱馬台，再由雙馬華車通過，最後由四馬華車通過。通過時由司儀官高唱白馬御名與車主姓名，車主轉頭向趙孝成王致敬。觀禮人士包括文武百官及其眷屬，公孫龍則特准由其妻子及四位弟子共同參加。

公孫龍把這消息告訴上官嫣紅和他的四位弟子時，他們都感到十分榮幸，並期待這一天早日來臨，他們可以親自參加此一空前盛會。

公孫龍則在「飛霜」、「飛雪」的耳邊輕聲說道：「『飛霜』、『飛雪』！你們知道嗎？你們一展雄風的機會來了！過幾天，大王要親自校閱邯鄲城內的白馬！到時會有好幾百隻白馬通過閱馬台，你們可別讓我當眾出醜啊！」說完後，又不停地撫摸牠們的鬃毛。

「飛霜」、「飛雪」聽了公孫龍的話之後，連續鳴叫了三聲，似乎在告訴公孫龍，請他放心，牠們一定會讓他表現傑出的。

「先生！『飛霜』、『飛雪』好像聽得懂您的話似的！」綦毋軒見了這般情形，便對公孫龍說道。

公孫龍則笑而不語。

負責照料公孫龍馬車的宮人，立刻拿最好的馬糧餵食「飛霜」與「飛雪」，還將牠們全身上下都仔細檢查一遍，看看有無需要診療的地方。至於沐浴部分，那更是小心翼翼，像伺候君王一樣，一點都不敢怠慢。因此，「飛霜」與「飛雪」經過沐浴之後，顯得更潔白、更高貴了。連公孫龍看了，都讚嘆不已。

校閱白馬大典當天，旌旗飄揚，戒備森嚴。校閱場內有三百匹白馬聚集在一起，場面之壯觀，看得人眼花撩亂。擁有白馬的王公貴族個個都穿得非常體面，唯獨公孫龍仍然衣著樸素，不穿華服，藉以彰顯他的平民特色。

白馬華車一輛輛通過閱馬台，向趙孝成王致敬，趙孝成王高興萬分，頻頻答禮。輪到公孫龍駕車通過時，司儀官高唱道：「飛霜！飛雪！由平原君客卿公孫龍先生駕駛，向大王致敬！」

當公孫龍手執馬韁，立於車廂，經過閱馬台前向趙孝成王致敬時，觀禮人士於是紛紛議論道：

「他就是高唱『白馬非馬』的公孫先生？年紀這麼大了，還能親自駕駛馬車，真不簡單哪！」

「他只是一介平民，就擁有白馬華車，一定有過人的本事吧？」

「他的兩匹白馬高大雄偉，氣勢非凡！大王也未免太偏心了些！」

「他的衣著樸實，但氣宇軒昂，看得出來是一位十分出色的客卿！」

在現場觀禮的上官嫣紅及四位弟子，聽到大家對公孫龍的讚賞，心裡有說不出的高興。公孫龍自己也覺得這一天是他生命中極重要的一天，他內心多麼希望這樣的榮耀能繼續享有下去。

校閱白馬大典結束後，公孫龍的名望如日中天，平原君府裡的門客見到他時，說話的語氣和態度也越加恭敬，甚至流露出羨慕的眼神。百官見到他時，也都主動先跟他打招呼，讓他覺得像是在做夢似的。

第八章

談天得勢飛龍墜

1・毀龍計畫

公孫龍受寵之後，他的弟子也跟著享受禮遇。言談之間，不免有些盛氣凌人的樣子。

有一天，公孫龍弟子歐陽嘯在街上遇到莊子的大弟子吳秋水。

「這不是歐陽嘯嗎？怎麼穿得這麼體面？以前就像是個要飯的乞丐，現在居然神氣起來了！」吳秋水一見到歐陽嘯，就揶揄道。

「怎麼樣？忌妒了是不是？早向你說過了，跟對老師很重要！我跟了公孫龍先生，現在不就像龍一樣的騰達嗎？我勸你還是拜公孫先生為師好了，這樣才有前途可言！千萬別抱著莊周先生的白骨頭不放！」歐陽嘯也反唇相譏道。

「你…」吳秋水聽了，氣得說不出話來。

吳秋水回去後，便將他遇到公孫龍弟子歐陽嘯的事情告訴了李至樂、王德符、張達生另外三位同學，請大家一塊商討出對策來。

吳秋水說：「現在，天下只知道有公孫龍先生，卻不知道有莊周先生。鋒頭被他一人搶盡，大家說該怎麼滅滅他的威風才好？」

李至樂說：「我即刻去行刺他！人死了！我看他還有什麼鋒頭好出的！」

王德符說：「不行！這樣做太危險！他現在地位尊貴，保護他的人很多。別刺殺不成，到時自己反而被殺，那才冤枉呢！況且先生地下有知，也不容許我們這麼做的！」

張達生說：「要不然，我偷偷去把他的白馬塗成黑色，看他還敢不敢再講什麼『白馬非馬』？」

張達生說完，李至樂與王德符都鼓掌叫好。

吳秋水見狀，立即搖頭說道：「不行！他的白馬有專人看管，很難接近。就算你接近了，萬一白馬認生，突然鳴叫起來，豈不曝露身分？」

「這也不行！那也不行！那該怎麼辦？總不能讓他的弟子騎到我們頭上來撒野吧？」李至樂憤然說道。

吳秋水想了一會兒後，說道：「我有個『毀龍計畫』，不曉得大家同不同意？」

「什麼『毀龍計畫』？快快講給我們聽！」其他三位弟子急著問道。

「我們可以藉由魏國公子牟的嘴來打擊公孫龍！」吳秋水說道。

「為什麼要找魏國公子牟？」李至樂問道。

「因為，魏國公子牟喜歡結交名流，特別醉心於公孫龍的學說。如果有人公開批評公孫龍，他就會挺身而出，捍衛到底。有個叫樂正子輿的人，曾經公開嘲笑公孫龍，把公孫龍批評得體無完膚。結果被魏國公子牟一條一條地駁回去，駁得他啞口無言。魏國公子牟也因此聲名大噪！」吳秋水解釋道。

「那要怎麼藉由魏國公子牟的嘴來打擊公孫龍呢？」其他三位弟子又問道。

「我們可以到處散布消息說：公孫龍向魏國公子牟請教說：『我年少時就很會辯論，長大了之後，還學習過墨者的論辯之學。我把白馬硬說成不是馬，我把石頭的堅硬跟白色硬說成是兩種分離的性質。想跟我辯論的人都不是我的對手，他們在我面前只有俯首稱臣的份！我自以為我把天下學問都弄通了！可是，等我聽了莊周先生的學說之後，心裡頭便覺得十分空蕩！不曉得是我的口才不如他呢？還是我的學問差他太遠呢？我現在連開口的勇氣都沒有了！先生能否告訴我其中的緣故何在？免得我到死都不明白自己究竟差在什麼地方！』吳秋水一口氣講述了他的打擊之道。

「太好了！公孫龍那老頭聽到後，一定會氣得吐血的！那，你預備魏國公子牟要怎麼回答，才能貶低公孫龍那老頭呢？」其他三位弟子高興得問道。

「我預備魏國公子牟這樣回答，他仰天大笑三聲道：『你沒聽說過住在井底的小青蛙嗎？牠對東海的巨鱉誇耀道：「我這小井可舒服呢，隨便伸伸懶腰，散個小步，都覺得自在無比。那些小溪裡的小蝦、小蟹，日子那有我過得這麼逍遙快活？這口水井就是我怡然自樂的小天地，你有空不妨過來坐坐，也好見識一下我的新居！」吳秋水說道。

「那，東海巨鱉聽了之後有什麼反應？」其他三位弟子張大嘴巴問道。

「東海巨鱉聽井蛙這麼一說，就去拜訪井蛙的新居。牠左腳還沒踏進井裡，右腳就給絆住了。逼得牠只好把腳抬出來，對著井底的小青蛙說：『讓我告訴你大海的情況吧！你好好聽著！那大海浩瀚深邃，用一千里還不足以形容它的廣，用一千丈還還不足以形容它的深。它可以容納一千條鯨魚在裡面游泳，而鯨魚不會相撞！它的水永遠不會枯乾，日月存在多久，它就存在多久。這就是我在東海得到的快樂！』小青蛙一聽，嚇得瞠目結舌，自慚形穢。

你公孫龍何德何能，只懂得逞口舌之能，你的智慧那能了解莊周先生的微言大義？跟莊周先生相比，你不就是一隻見識淺薄的井底之蛙嗎？莊周先生思想極其奧妙，你想認識他的思想，就好比拿個細竹管子去窺看遼闊的蒼天一樣，這那能看得到全貌？你別自不量力了吧！還是乖乖滾回家去吧？」吳秋水說道。

「罵得大快人心！那，公孫龍那老頭聽了之後呢？」其他三位弟子又問道。

「公孫龍那老頭聽了，眼睛張大得跟牛眼一樣，舌頭就像是打了一千個結似的，一句話也說不出，拔腿就跑掉了！」吳秋水笑說道。

「這故事編得太妙了！保證可以殺殺公孫龍那老頭的銳氣！」其他三位弟子稱讚吳秋水道。

「如果大家都覺得這個故事具有無比的殺傷力，我們就開始分頭進行我們的『毀龍計畫』！好不好？」吳秋水說道。

其他三位弟子點點頭之後，便開始進行他們的『毀龍計畫』。

2・滅周奇謀

當莊子弟子編造的故事慢慢傳開之後，終於傳到了公孫龍弟子耳朵中。

「太不像話了！居然這麼毀謗我們的先生！」歐陽嘯第一個大罵道。

「讓我抓到是誰造的謠，我就撕爛他的嘴！」南宮仁也憤然說道。

「我們也可以以牙還牙，把莊周先生貶得一文不值！」司馬信氣得想重重還擊對方一下。

「如何個以牙還牙法？」歐陽嘯問道。

「我們可以造謠說：有一天，天高氣爽，公孫龍大師正在秋水釣魚，這時莊周老先生正好路過秋水，就問公孫龍大師說：『先生，請問你在河邊做什麼？』公孫龍大師回答道：『晚輩在此釣巨鯤！』」司馬信回答道。

「那莊周老先生有何反應？」南宮仁趕緊問道。

「莊周老先生聽了，呵呵大笑道：『這條秋水又不是北溟，怎麼可能會有巨鯤在裡面游動？你也太天真了吧！』」司馬信又回答道。

「那，先生聽了有何反應？」歐陽嘯也問道。

「先生聽了，也仰頭大笑道：『這條秋水不是北溟，固然不可能會有巨鯤在裡面游動。那麼，水裡游的巨鯤會化為天上飛的大鵬，不也是更天真、更荒謬的無稽之談嗎？』」司馬信答道。

「那，莊周老先生聽了又有何反應？」南宮仁追問道。

「他老人家嚇得臉色蒼白，說道：『我莊周活了幾十歲，從未遇過口才比我犀利的人士！今天居然遇上了高手，既然我技不如人，乾脆我就拜他為師吧！』於是他雙腿跪地，哀求公孫龍大師說：『大師在上，請受弟子莊周一拜！』」司馬信邊說邊學莊子的拜師表情。

歐陽嘯與南宮仁看了，都笑得前仰後翻。

稍後，司馬信繼續說道：「故事還沒完呢！」

「快告訴我們結局精不精采？」歐陽嘯與南宮仁同聲問道。

「保證精彩！」司馬信回答道。

「你就別吊我們胃口了！快說把！」歐陽嘯與南宮仁催著司馬信講出結局。

於是，司馬信說道：「公孫龍大師瞄了莊周老先生一眼，說道：『我公孫龍只收十八歲以下的少年當學生，你已八十多歲了，還是回家含飴弄孫去吧！』說完，拿了釣竿就大搖大擺走了。莊周老先生覺得顏面盡失，隨即往秋水裡一跳，陪青蛙游泳去了！」

「好！挖苦得好！看莊周弟子還能得意到幾時？」歐陽嘯與南宮仁聽了之後，同聲讚嘆道。

「那，我們也趕快分頭進行我們的『滅周奇謀』吧！」司馬信說道。

綦毋軒聽了三人的激烈反應之後，便上前勸阻道：「大家冷靜一點！我們千萬不可擅自行動！還是回去聽聽先生的意見再作決定吧！」

「這事就別勞駕先生本人了，由我們做弟子的替他出口氣就行了！」司馬信則說道。

「是啊！我們也該替先生分憂才對啊！」南宮仁與歐陽嘯也說道。

「我明白大家的用心！但這事弄不好，反而會害了先生！大家難道希望先生的名譽受損嗎？」綦毋軒仍然苦勸司馬信三人。

「既然這樣，我們就跑一趟，聽聽先生的意見再說！我相信他一定贊同我的想法，而且還會誇我兩句呢！」司馬信信心十足地說道。

3·告誡弟子

於是四人跑去平原君府見公孫龍，說明他們前來的目的。

公孫龍了解事情的經過之後，嘴角微笑了一下，說道：「莊周先生是我景仰的前輩，如今他已過世多年，怎麼可能跟我一個晚輩在計較？這當然是他的弟子編造出來的故事！弟子護師心切，這也是人情之常。所以我們一笑置之便可，用不著去反駁或者使出以牙還牙的小手段來！還有，惠施先生學富五車，精研物理，也是我尊敬的前輩。外面傳說他當了梁惠王的相國後，為了怕好友莊周先生搶他的職位，居然派人去城中搜捕莊周先生。像這一類的故事，我想也是莊周先生的弟子編造出來的。其實，惠施先生怎會是這樣氣度狹小的人呢？所以，你們記住了！未來我的著作將由我親自執筆撰寫，如果我死後，萬萬不可在裡面添加任何攻擊其他學者的材料！知道了嗎？」

「知道了！」四人紛紛點頭道。

「對了，還有一件事我要提醒你們！莊周先生弟子之所以要編造這樣的故事，很可能是因為我們樹大招風的緣故。從前，孫叔敖先生從平民一下子當了楚相，一位住在狐丘地方的老先生對他說道：『你一下子飛黃騰達，有三種人會看你不順眼的，你知道嗎？』孫叔敖問說：『哪三種人？怎麼個不順眼法？』老先生說：『爵位越高，大臣越會忌妒你；權勢越大，君王越會討厭你；俸祿越多，平民越會埋怨你。孫叔敖聽了之後，回答道：『我的爵位越高，我的姿態越低；我的權勢越大，我的野心越小；我的俸祿越多，我施捨的人也越多。做到這樣子的話，是否可以讓那三種人看我順眼一點呢？』。』

「孫叔敖先生真是懂得韜光養晦啊！」綦毋軒聽了，忍不住讚嘆道。

「所以，我們現在享受尊榮，也要學孫叔敖先生一樣，時時謙沖為懷，處處忍讓別人，才不會與人結怨，招致報復！如果讓我知道你們之中有誰在外頭言行招搖，惹是生非的話，我會立刻將他逐出師門的！都聽明白了嗎？」

「聽明白了！」四人異口同聲答道。

等四位弟子走後，公孫龍不禁長嘆道：「沒想到有些弟子這麼的維護他們的先生！不知道這究竟是福，還是禍呢？孟軻先生有一大群弟子幫他記錄、撰寫，而告不害先生卻無半個弟子，這樣，告不害先生會不會吃虧呢？如果告不害先生也有一大群弟子在幫他記錄、編纂，那，那場人性論戰，是否就會有另一個不同的版本呢？」

4・賢妻叮嚀

當天晚上，公孫龍一返家，便把莊子弟子的護師行為以及綦毋軒他們的想法，一五一十地告訴了他的妻子上官嫣紅。

上官嫣紅聽了，便說：「子秉！我很贊同你的做法！學生護師心切，難免意氣用事，做出一些令老師都無法苟同的舉動。若是學生衝動，做老師的不但不出面制止，反而火上加油，那，這種老師就再也不配為人師表了！」

「嫣紅，妳說得真有道理！」公孫龍誇獎道。

「我說的都是實話！你現在已享受到至高的榮華，忌妒你的人也會越來越多，學學孫叔敖的謙沖是有必要的！」上官嫣紅提醒道。

「這點妳放心好了！我會時時注意自己的言行，也要求綦毋軒他們四人在外頭要謹言慎行，不要惹是生非！他們也都當面答應了我！我相信他們在外頭會規規矩矩，謹守分寸的！」公孫龍也信心十足地說道。

「那，你就不怕我在鄰居面前炫耀你的榮華，引起他們的忌妒，偷偷放把火來燒掉我們的房子？」上官嫣紅半開玩笑道。

「妳真會開玩笑！妳的個性我還不了解嗎？如果妳是那種喜歡炫耀榮華的人，妳也不會嫁給我了！是吧？」公孫龍笑說道。

「還算你聰明！」上官嫣紅臉上也露出了燦爛的笑容。

「對了！嫣紅！我已經跟綦毋軒他們四人當面叮嚀過，未來我的著作裡不允許加添任何攻擊其他學者的材料，不曉得他們真能遵守嗎？」公孫龍又想起了一件重要的事情，忍不住問上官嫣紅。

「只要你人還健在，誰敢亂添一詞？」上官嫣紅隨即回答道。

「我是指萬一我不在時！」公孫龍笑說道。

「不在，還有我這個老太婆盯著呢！誰敢亂加亂改，我就拿掃把將他逐出師門！看他們還敢不敢輕舉妄動？」上官嫣紅又用半開玩笑的語氣對著公孫龍說道。

「好！那我就放心了！」公孫龍也半開玩笑地說道。

5・鄒衍得寵

第二天起，公孫龍在馬車上特別留意是否有人跟他打招呼，而他卻沒注意到；進了平原君府，更是帶著笑臉跟人打招呼。他也要求綦毋子他們四人走路時切勿趾高氣揚，旁若無人。在府裡府外，千萬不要跟人發生口角，更不能動粗。

公孫龍以為學學孫叔敖的身段，在朝廷士林間就可以平安無事了，事實上，他想得太天真了。他萬萬沒料到的是，一場更大的風暴逐漸向他襲來。那就是有「談天衍」美稱的鄒衍，從齊國到了趙國。

燕昭王在位時，鄒衍受到的禮遇無人能比。他初到燕國國都薊城時，燕昭王親自拿著掃帚，在他面前掃塵開路去迎接他。並且以對待老師的禮節來服侍他，還為他蓋了一座豪華的宮室。然而等燕昭王一死，鄒衍明白自己的好運即將到頭，因此，他也黯然離開燕國，返回齊國去。

在齊國待了一陣子，他覺得所受的禮遇不夠，心裡頭很不暢快。後來聽說公孫龍在趙國名氣很大，很受平原君的賞識。於是，他就毅然而然地離開齊國，來到趙國國都邯鄲遊歷，希望能引起平原君的重視，讓他獲得比公孫龍更高的禮遇。

平原君早已久仰「談天衍」的大名。當他得知「談天衍」到了邯鄲，喜出望外，於是拿出最禮賢下士的風度，親自彎腰在前面引導鄒衍的到來，還特地用自己的衣袖把鄒衍的座位擦拭乾淨。場面之大，禮遇之深，可說前所未有。就連公孫龍也從未受到他這樣的敬重。這讓鄒衍又嚐到了當年在燕國所享有的的無上風光。

平原君還將鄒衍引介給趙孝成王，趙孝成王聽了鄒衍大談五行與國運的關係，內心竊喜，對鄒衍的印象也就特別深刻。

他曾私下問平原君：「這位齊國來的鄒衍先生，見解奇特，談吐不俗，他肯來我們趙國，那真是我們趙國的福氣！您說是不是？」

平原君回答道：「大王說的極是！鄒衍先生號稱『談天衍』，他在別國備受禮遇，國君都奉他為上賓，他的名氣可大著呢！」

「那我們也得好好款待他，把他留在趙國為我所用才是！」趙孝成王一聽，趕緊說道。

平原君隨即答道：「臣會遵守大王的指示！」

平原君接待鄒衍時，特別請公孫龍師徒五人陪坐一旁。席間，公孫龍學生司馬信曾當面批評五行與國運的關係，使得鄒衍心中十分不悅，以為是公孫龍故意指使學生來向他挑釁的。

6・詆毀公孫

回到館舍中，鄒衍越想越生氣：「這公孫龍簡直太陰險了！他不敢當面跟我辯論五行與國運的關係，卻暗中指使學生來讓我難堪，這口氣我非出不可！我倒要看看他的白馬華車還能駕駛多久！我就不相信憑我的本事還治不了他！」

第二天，平原君與鄒衍會面時，問鄒衍說：「公孫先生及其弟子綦毋子喜歡大談『白馬非馬』的問題。而且談得頭頭是道，無人能加以反駁！公孫先生更以此論將白馬騎出邯鄲城外，因而聲名大噪，獲大王賞賜白馬華車一輛，享有無上之尊榮。不知先生是否贊同此說？」

鄒衍一聽，憤而答道：「什麼『白馬非馬』？依我看，都是些玩弄文字遊戲的詭辯歪理！您千萬不可被這種詭辯家迷惑！一定要看清楚他的真面目才是！我來貴國，就是要拆穿他騙人的把戲！有我鄒衍在，哪還輪到他來欺君弄人？」

平原君聽了，於是問道：「為何先生說公孫先生的『白馬非馬』是詭辯歪理？難道公孫先生是不學無術之人嗎？」

鄒衍隨即回答道：「他本來就是個不折不扣的學術騙子！他在燕國被人拆穿詭辭，燕王因而疏遠他，所以他只好返回趙國繼續賣弄唇舌，騙吃騙喝！其實，天下的辯論可以分為理辯與辭辯兩種型態。理辯是有根據、說得通的辯論。辭辯則是逞其口舌、滿嘴歪理的辯論。您認為這兩種辯論，哪一種比較優越，哪一種比較低下呢？」

「那還用說！當然是理辯優越，辭辯低下啦！」平原君不假思索地答道。

「好！那我告訴您！公孫先生玩弄的就是一種低下的辭辯！他譁眾取寵，標新立異，思想散漫，頭腦不清！喜歡偷樑換柱，戲弄辯者！這不是詭辯家是什麼？像這種詭辯家就不應該享有白馬華車的至尊待遇，您應該收回大王賞賜給他的白馬華車，讓他回到原來該過的平民生活！還有，您的才幹足以擔任相國之職，公孫龍他卻說您無德無能，是靠親戚關係才會有封地，才當上相國的！他簡直是在侮辱您！像這樣不知感恩圖報，只知賣弄口舌的門客，還留他在府裡幹嘛？」鄒衍對公孫龍的至尊待遇早已不滿，因此，他想藉此機會將公孫龍擊垮，公孫龍的白馬華車由他取而代之。

平原君聽了，覺得鄒衍說得極有道理，但，是不是該下令收回白馬華車，他也不敢作主。因為那畢竟是國君賞賜給公孫龍的尊榮，沒經過國君的同意，任何人，包括他這個相國在內，都不敢擅自作主的。

7・內心寬慰

為了討好鄒衍這位名滿天下的重要客卿，於是他立即謁見趙孝成王，把鄒衍的意見轉告給趙孝成王聽，看看趙孝成王有何反應。

趙孝成王聽了之後，也覺得鄒衍分析得不無道理，公孫龍只是個詭詐的辯士，他談的「白馬非馬」對國家一點好處也沒，還不如鄒衍的五行與國運比較實在一些。既然公孫龍是個詭辯之士，他的「白馬非馬」也是強詞奪理。那他就沒有資格再享受白馬華車的至尊待遇，應該早日將他的白馬華車收回才對。

平原君趁機再問趙孝成王：「那麼，大王的意思是要將公孫先生的白馬華車賜給鄒衍先生使用嗎？」

「寡人當然不是這個意思！如果這樣做的話，對公孫先生的打擊就太大了！您也知道，趙國這幾年來，白馬的繁殖率非常低，所以，還是留給我們趙國的王公貴族專用吧！公孫先生是第一位也是最後一位擁有白馬華車的平民！寡人以後再也不會將白馬華車賞賜給平民了！」

於是平原君就派人將趙孝成王的旨令轉告公孫龍。公孫龍心裡明白，這都是鄒衍挑撥離間的結果。他不知道自己到底什麼地方得罪了鄒衍，讓鄒衍這樣的排擠他。但他毫無怨言，既不在背後埋怨趙孝成王，也不在任何人面前批評鄒衍。因為他很清楚，在目前的狀況下，即使他挺身為自己辯白，也是徒勞無功的。倒不如慢慢等，讓時間來證明他的對錯。

宮中派人來拆除馬棚，牽走白馬的當天，公孫龍望著「飛霜」與「飛雪」，心裡頭有一種依依不捨的感覺，而「飛霜」與「飛雪」也很善解人意，他們在離開公孫龍院子時，不時發出嗚聲，而且舉步緩慢，似乎不願與公孫龍這位主人告別。公孫龍則不斷撫摸牠們的鬃毛，他們才停止哀鳴，隨宮人而去。

沒有了白馬華車，公孫龍突然有一種悵然若失的感覺。他心中明白，他失去的不只是白馬華車，更是國君賜與他的尊榮。一時之間，他還很難適應這樣突如其來的打擊。

他的妻子上官嫣紅見了，便安慰他說：「子秉！白馬華車只是一時的尊榮！而這份尊榮是由大王賞賜給你的，大王也可以隨時將這份尊榮收回去，你完全沒有拒絕與抗爭的能力！但是，『白馬非馬』學說卻是可以永垂千秋的聲譽，任誰也搶不走你的風采！因此，眼前這點損失算得了什麼？男子漢大丈夫！應該提得起放得下才對！」

公孫龍一聽，心中寬慰許多，於是說道：「嫣紅！謝謝妳的這番話！我心裡好受多了！」

「有了白馬華車，我是你的老伴！沒有白馬華車，我照樣是你的老伴！難道老伴還不如白馬有姿色嗎？」上官嫣紅又打趣道。

公孫龍一聽，臉上遂露出靦腆的表情。其實，他心中一直是十分感念上官嫣紅的。上官嫣紅家境比他家好，嫁到他家來，跟著他過苦日子不說，還偷偷把首飾賣了，貼補家用。否則單靠幾位學生的學費，根本就很難維持日常開銷。平原君本來打算賞他一棟兩層樓高的華屋，但在上官嫣紅的極力反對下，他婉拒了平原君的賞賜。現在看來，上官嫣紅到挺有遠見的。要不然收回了白馬華車，再收回那棟華屋，他夫妻倆現在恐怕連遮風避雨的地方都沒了。那才悽慘呢！

8．與世無爭

公孫龍白馬華車被趙孝成王收回的消息，很快就傳遍了平原君府。平原君的門客都在觀望平原君的態度。那些平常就忌妒公孫龍的人，更是巴不得公孫龍馬上就從天上摔到地下。

公孫龍還是一如往常，帶著他的四位弟子前往平原君府作客。只是，他來往平原君府是用徒步的，而非親自駕駛馬車來的。

剛開始時，路上行人看了，還不覺得有異。等連續觀察了幾天之後，才覺得很詫異，於是七嘴八舌上前問道：

「公孫先生，您的白馬呢？」

「公孫先生，您的白馬生病了嗎？」

「公孫先生，您的白馬懷孕了嗎？」？」

「公孫先生，您的白馬被大王收回去了嗎？」

公孫龍笑而不答，只管走他的路。

四位弟子聽了，也不便多問，只是跟在公孫龍的身後，默默行走。然而，他們心裡頭卻有一團團的疑問。

剛走到平原君府門口時，突然從一輛由四匹黃馬合拉的華車上走下一位身穿華服的人，原來，他就是正受趙孝成王與平原君寵信的「談天衍」鄒衍先生。

鄒衍一望見公孫龍，就上前嘲笑道：「公孫先生，散步的確對健康有益，您這樣每天不停地散下去，不出一年時間就體健如牛啦！到時候『白馬非馬』就得改成『青牛非牛』！您說是不是？」

鄒衍一說完，身邊的門客都哈哈大笑。

公孫龍聽了，只是微微一笑，並不答腔，然後帶著四位弟子昂首闊步走進平原君府的大門內。

鄒衍看了，便跟在後面大叫道：「公孫先生慢走！回家時要不要我用馬車送您回家？有需要就告訴我！千萬別跟我客氣啊！」

公孫龍裝作沒聽見，但他的四位弟子卻聽得十分刺耳。

趙孝成王、平原君有了鄒衍之後，如魚得水，談話也十分投機。三人在一起商談國家大事的次數也越加頻繁，久而久之，就慢慢疏遠了公孫龍。剛開始時，平原君還每天向公孫龍請益。然後就變成三天、十天、半個月、一個月才見一次面。但即使是見了面，也只是打個招呼，寒暄幾句就藉故離開了。其他門客看見平原君對公孫龍日漸冷淡，也開始對公孫龍冷嘲熱諷：

「公孫龍鬥不過談天衍！有了談天衍，公孫龍就變成一條小蛇了！」

「原來公孫龍是個大騙子，他有九吋不爛之舌，比張儀還多了六吋呢！」

「既然公孫龍高唱『白馬非馬』，那，收回他的白馬，並不等於收回他的馬，他實在用不著傷心啊！」

公孫龍的弟子聽到這些話，很為公孫龍打抱不平。

「那鄒衍老先生也太蠻橫無禮了！他憑什麼要平原君收回先生的白馬華車？這不是讓先生太難堪了嗎？」綦毋軒第一個表達了對鄒衍的不滿。

「鄒衍這老頭簡直欺人太甚！」南宮仁接著批評鄒衍。

「鄒衍這傢伙老弄些五行與國運的關係來唬弄君王，其實，五行與國運之間，一點也扯不上關係！」司馬信也指責鄒衍的不是。

「先生不懂得替自身辯解，任由人們恥笑！連我們這些當弟子的也跟著受盡屈辱！真不曉得先生在想什麼？」歐陽嘯則對公孫龍作法頗有微詞。

綦毋軒聽了歐陽嘯的牢騷，便說：「歐陽嘯！別這麼批評先生！先生的個性是與世無爭的，他寧可別人排擠他，也不會去排擠別人！我們跟著先生，就應該了解先生的為人！」

「可是，長此下去，我們的前途不也斷送在先生的手裡了嗎？難道我們就該這麼倒楣？」歐陽嘯心中仍然忿忿不平。

「歐陽嘯！你越說越不像話了！其實，先生早就考慮到我們的出路了！他曾經對我說過，如果我們想為官的話，他可以向平原君推薦我們，讓我們一展長才！你以為先生只會關心他自己的前程，就不會關心我們這些做學生的前程，是嗎？你錯啦！」綦毋軒連忙說道。

歐陽嘯一聽，羞愧得低頭不語。

9．選擇治學

公孫龍知道綦毋軒他們內心一定有許多疑惑要問，但又不方便在他面前開口。因此，他覺得還是由他主動來把事情說清楚比較好些。於是，隔天早上，他在院子裡召集四位弟子，親口對他們說：「你們四人從少年時期就跟隨我，在燕趙兩地奔波，如今算算也有三十餘年的時間了。現在我已過了耳順之年，而你們也都成家有小孩了！我呢！上不能比孔丘先生，下不能比孟軻先生！你們跟著我研習名辯之學，實在得不到什麼好處！以我目前的處境來看，就好像被一團烏雲給籠罩著，連帶也影響了你們的大好前程！我看不如這樣，你們心裡想幹什麼就去幹什麼，完全不要顧及我的顏面！好不好？」

「學生知道，是有人中傷先生，才讓先生備受平原君冷落的！是不是？」綦毋軒聽了，立即表達了他內心的想法。

「學生也知道，中傷先生的就是從齊國來的鄒衍先生！他一直忌妒先生的機智與辯才，羨慕先生擁有白馬華車的至高榮華！所以才在大王和平原君面前把先生貶得一文不值！他這麼做，完全失去了學者應有的風範！」南宮仁更直接了當地說出了中傷者的姓名來。

公孫龍一聽，趕緊澄清道：「你們不要道聽塗說！這件事跟齊國來的鄒衍先生一點也沒關係！鄒衍先生別號『談天衍』，他有豐富的天文地理知識，別國的國君很器重他，大王與平原君也很敬重他！他絕不是心胸狹隘，貪圖榮華的人！我想，恐怕是你們誤會他了吧？」

聽了公孫龍這麼一說，本來想在公孫龍面前痛罵鄒衍的司馬信與歐陽嘯，也都緊閉雙唇，不敢亂發一語。他們心想：

「先生難道不知道是鄒衍那傢伙在後頭搞的鬼嗎？為何他還要維護鄒衍那傢伙，實在令人費解！」

公孫龍明白弟子內心的想法，於是又娓娓說道：「花有盛開的時候，也有枯萎的時候。人有運氣旺盛的時候，也有運氣不好的時候。這是自然的現象，不要去怪罪誰，怨恨誰！我們應該多檢討自己是不是學識還不夠高深，做人還不夠周到才對！」

綦毋軒四人聽了之後，都沉默不語。

公孫龍見狀，立刻轉移話題，問他們道：「為官的有權勢，經商的有利益。孔丘先生的弟子中都有為官與經商的。不知你們對這兩條路有無興趣？」

「那先生準備走哪條路呢？」歐陽嘯趁機問道。

「我年紀大了，這兩條路都無法走了，大概只剩治學這條路可以走了！」公孫龍回答道。

「學生聽說治學這條路比起為官與經商，還要難上百倍！這不是一般人想做就能做得到的！」南宮仁也接著說道。

「我試著走走看罷了！要不然，我這老人家，每天吃飽飯睡覺，睡完覺又吃飯，日子就很難挨過去了！」公孫龍笑著說道。

四位弟子聽了，知道公孫龍心意已堅，也就不再發問了。

離開公孫龍的宅院之後，四位弟子都在盤算他們未來的去處。綦毋軒早就抱定要追隨公孫龍一輩子，向他學習更深的名辯之學。所以，他一點也不擔心未來的前程。其餘三人則準備回家後再從長計議。

第九章
暮年著書立新說

1・模仿孫子

公孫龍每天去平原君府時，都受到無數的冷落與嘲笑。起先，他還抱著一笑置之的態度。但久而久之，讓他覺得，即使再有佳餚，再有舒適的館舍，待下去也沒多大意思了。於是，他準備閉門不出，開始撰寫可以傳世的著作。因為，他知道，自己的年歲也大了，與其浪費在沒有結果的門客生涯中，還不如踏踏實實地做點有意義的事好些。

他的妻子上官嫣紅非常支持他的想法，希望他能專心寫作，完成一部震古鑠今的鉅著，能這樣，自己也覺得是無上的榮耀。畢竟，妻以夫貴的觀念是深植人心，牢不可破的。更何況，在戰國那個年代，諸子百家都是男性，女性想要躋身學術殿堂，根本就是不可能的事情。她唯一能幫公孫龍做的，就是準備好書寫工具，讓公孫龍可以專心寫作。

在戰國時代，還沒有所謂的紙張，最常見的文字媒體就是竹簡，其次才是絲帛。前者大量生產，價錢便宜，很適合一般大眾使用；後者產量稀少，價錢昂貴，只有少數貴族才用得起。公孫龍不是貴族，因此，他只能使用竹簡來著書。而寫的字數越多，需要的竹簡也越多。另外還要準備無數絲繩，將寫好的一枚枚竹簡編連成冊，以免脫落。一旦脫落，很可能造成兩種不利於作者的情形：第一種情形是書的內容會有殘缺，第二種情形則是張冠李戴，把自己的作品跟別人的作品混在一塊了。

竹簡、絲繩準備妥當之後，讓公孫龍猶豫不決的是，他到底要寫什麼樣的書，才能獨樹一幟，名垂青史。

學孔丘先生？孔丘先生述而不作，《論語》一書是他弟子紀錄編纂的師生對話錄。如果採用對話體，那應該由他的四位弟子來記錄編纂才行，他自己又何須親自動筆呢？

學老聃先生？老聃先生寫過五千言的經文，言簡意賅，容易傳誦。不過老聃先生的文體像詩、像格言，這不是他需要的文體，也不是他模仿得來的文體。

雖然他堅持偃兵，反對征伐，但兵法家孫武寫的十三篇文章，倒是給了他意外的靈感。他覺得自己可以模仿孫武先生的篇目，也寫個十三篇，每篇二千餘字，總字數大約三萬言左右。內容全是說理，沒有半篇故事或寓言。因為他知道，說故事、講寓言，那是莊周先生和他弟子的專長，他沒必要跟他們學，而且學也學不過他們。

孫武先生的兵法包括〈始計〉、〈作戰〉、〈謀攻〉、〈軍形〉、〈兵勢〉、〈虛實〉、〈軍事〉、〈久變〉、〈行軍〉、〈地形〉、〈九地〉、〈火攻〉、〈用間〉等十三個篇目，那麼，他的十三篇篇目到底是什麼呢？這就夠他傷腦筋了。

2・思念愛馬

當然，他第一個想到的篇目就是〈白馬論〉。他心想，自己是以高唱「白馬非馬」名滿天下，而且以平民身分獨享白馬華車尊榮的，那「白馬非馬」自然而然就是他最該談的第一個大問題了。

確定了第一個篇目之後，接下來要決定的是用何種文體來展現？由於「白馬非馬」是個辯論題目，必須有正反雙方交鋒的場面才行，純用論說文的方式似乎很難把這個問題釐清。於是，他想到了一種虛擬的設問體。主客皆無姓名，由他一人分別飾演兩種腳色。當然，發問的客人代表反對的一方，而回答的主人便代表贊成的一方。他雖然扮演不同的兩個腳色，而事實上，主人這一方才是他真正的想法。

一想到「白馬非馬」這個篇目，他禁不住又想起了「飛霜」與「飛雪」兩匹愛馬來。

「不曉得『飛霜』與『飛雪』牠們現在在哪裡？牠們的新主人是誰？新主人對牠們好不好？有沒有經常拿鞭子用力抽牠們？牠們在路上若是見到我，還會不會認得我？對著我長鳴兩聲？」想到這裡，公孫龍腦海中便呈現出兩匹毛色雪白，姿態挺拔的馬兒來。

「子秉！你又在想『飛霜』與『飛雪』牠們啦？」上官嫣紅見到公孫龍兩眼發呆的樣子，便過來問道。

「還是瞞不過妳的眼睛！」公孫龍微笑道。

「我也挺想念牠們的！可是，現在想也不管用啦！牠們不可能再回到我們身邊了！」上官嫣紅說道。

「我當然知道啦！只是我一提筆寫〈白馬論〉，就會想起牠們的英姿雄風，有時做夢還會夢見牠們呢！」公孫龍也說道。

「那你做的是好夢還是噩夢？」上官嫣紅打趣道。

「有時是好夢，有時則是噩夢！」公孫龍答道。

「先說好夢如何？」上官嫣紅追問道。

「我夢見『飛霜』與『飛雪』跟另兩匹白色母馬洞房後，兩匹母馬各自生下了一匹小白馬，一匹叫做『小霜』，另一匹則叫做『小雪』。兩匹都非常討人喜歡！」公孫龍帶著笑容說道。

「那噩夢呢？」上官嫣紅又問道。

「噩夢就慘不忍睹了！」公孫龍答道。

「如何個慘法？你倒說說看！」上官嫣紅表情驚訝地問道。

「我夢見『飛霜』與『飛雪』被當作戰馬送往前線作戰，結果被秦軍亂箭射中，倒在地上呻吟不已。呻吟了整整三天三夜才氣絕身亡！」公孫龍說到這兒，眉頭深鎖，表情哀戚。

上官嫣紅見狀，趕緊安慰他道：「子秉！那畢竟只是夢！不是事實！再說『飛霜』與『飛雪』是白馬，你忘啦！在我們趙國，白馬是不會送去當戰馬的！你就放心吧！別再胡思亂想了！好吧？」

公孫龍聽了之後，總算鬆了一口氣。於是，他點點頭，嘴角也露出了一絲笑容。

3．安貧樂道

第一篇的篇目擬定後，緊接這要擬定第二篇的篇目。

「第二篇的篇目要討論什麼問題呢？動物討論過了，難道要討論植物不成？用『桃花非花』好呢？還是用『野草非草』好呢？不行！這個概念跟『白馬非馬』沒多大差別，還是換個概念來談吧！有了！不談生物，談談無生物總可以吧！無生物也有很多種，那就以石頭的堅性與白性為辯論重點好了。」公孫龍總算想到了第二篇的篇目：〈堅白論〉。

其實他從小就已略為注意到這個問題，進入墨門之後，由於與墨者在此一問題以及白馬問題上意見相左，讓他終於離開了墨門，另立門戶，招收弟子。後來在平原君府中，他還跟魏國辯士姜善論辯論過這個問題。現在要寫成書，就必須思慮更周全，更能擊破對方的弱點才行。

既然〈堅白論〉跟〈白馬論〉一樣，都是常見的辯論題目，那麼，還是用虛擬辯論的方式來處理比較能烘托出自身的觀點。那麼，虛擬辯論是否需要像莊子那樣弄些假人物和假名來吸引世人呢？公孫龍考慮了半天，決定還是跟〈白馬論〉一樣，沒有人物，沒有假名。讓明眼人一看就知道這不是一場真實辯論的紀錄，而只是一篇虛擬的文章。既然是文章，而這篇文章又由他來執筆，那他當然要寫出對自己有利的論點才行。至於後人看了之後，說他詭辯也好，強詞奪理也好，他並不在乎。因為，他就是要引起後人的注意與討論，那怕是負面的批評，也總比無人閱讀要強千倍。

其實他心裡明白，〈堅白論〉跟〈白馬論〉一樣，都是在跟常識唱反調。要附和常識容易，要跟常識唱反調而且還要言之成理，那就難上加難了。

數十年前，他曾經對四位弟子說過，跟常識唱反調要有被奚落甚至被冷落的心理準備。其實，他可以不去倡導「白馬非馬」，不去談什麼「石頭的堅性與白性互不相屬」的認知問題，這樣，他也不至於被人中傷，落得窮苦潦倒的下場。但是，依他的個性，依他深入的觀察，他又不能不跟常識牴觸，去發表一些不合時宜的看法。

正當公孫龍在為〈堅白論〉的內容大傷腦筋時，他的妻子上官嫣紅跑來勸他道：「子秉！該休息時還是得休息，萬一身體累壞了，什麼也寫不成！你看！好久沒吃肉了！我今天特地給你弄個香噴噴的豬肉燒豆腐！」

「嫣紅！謝謝妳！」公孫龍說道。

其實，公孫龍心裡頭明白，自從他決定脫離平原君，不再當平原君的門客，而在家中閉門寫書時，他就有了過苦日子的心理準備。他不在意粗茶淡飯，更不在意粗布陋屋。比起孔丘先生的弟子顏回來，他還算是「富有」的呢。

看著上官嫣紅拿著菜刀在砧板上切豬肉，旁邊又擱了一塊雪白的豆腐。他的靈感又來了。稍後，他摸摸菜刀，再看看豆腐。他終於發現：堅硬這種物性並非石頭所獨有，鐵器也具備這種堅性，可見，堅性並不會只固定在某一物質上。同樣地，白色這種物性並非石頭所獨有，豆腐也具備這種色彩，可見，白色也並不會只固定在某一物質上。那麼，天下有沒有一種能脫離固體而單獨存在的堅性或脫離固體、液體和氣體而單獨存在的色彩呢？看起來似乎不太可能吧！

如果有人說：「我看見一顆又硬又白的石頭。」這樣的說法站得住腳嗎？如果改為：「前面有一顆又硬又白的石頭。」這樣的說法是否就一定能站得住腳呢？若是一個人從未摸過石頭，他能說：「前面有一顆又硬又白的石頭。」嗎？公孫龍反覆思考著這些認知問題，很想從中找到令人滿意的答案。

有時，他會想：「孔丘先生、孟軻先生與荀況先生會不會想這類問題？如果他們想的話，答案會不會跟我一樣？還是他們根本就不會去注意這類問題，他們的思考角度跟我完全不一樣？」

4・深論名實

公孫龍想起他在平原君府遇到荀況時，曾與荀況展開一場辯論。當時，荀況誇下海口說要撰寫一篇〈正名〉的文章，來糾正社會上名不副實的現象；而他自己也信誓旦旦地說要撰寫一篇討論名實問題的文章，來跟荀況較量。因此，〈名實論〉這個篇目是不能少的！不但不能少，它還是自己書中十三篇裡最重要的一篇文章，有了這篇〈名實論〉，再也沒人敢信口指責他是詭辯家了。

他心想，那到底是先有「名」，還是先有「實」呢？毫無疑問的，當然是先有「實」，然後人根據這個「實」，再訂出個「名」來。好比，先有馬這個實體，然後才有「馬」這個名；先有雞這個實體，然後才有「雞」這個名；先有人這個實體，然後才有「人」這個名。也就是說，沒有「實」的話，根本就不可能產生「名」這個符號了。這麼說來，「名」要緊跟者「實」走才對！如果「實」變了，「名」就非得變不可了！

他知道孔丘很早就注意到「正名」問題，只不過孔丘正的「名」跟他所要談的「名」並不一樣。孔丘著重在政治方面的「名位」，而他著重的則是純粹指涉實體的「名稱」。荀況是儒者，多少會跟著孔丘的思路走吧。

「不知道荀況先生的〈正名篇〉，是不是也是這樣下筆的？他會跟我的觀念重複，還是截然不同？」公孫龍一邊寫，一邊在猜測荀況是怎麼個寫法。

「或許，他也在猜測我的〈名實論〉是怎麼開頭的吧？」想到這裡，公孫龍禁不住發出了會心的微笑。

再往深處想一想，沒有「名」，固然不方便，可是，有了「名」之後，也帶給人不少困擾。公孫龍特別留意到這個問題。他時常在想，如果沒有「名」的話，大家還分什麼「我是趙國人！你是秦國人！他是燕國人！」；還計較甚麼「你姓周，我姓吳！」、還說甚麼「這江山是我孫家打下來的的江山！外姓人士休得染指！」。可見，有了「名」，就有了「非我族類」的排斥心！

一般人聽到「白馬非馬」的主張，不管贊不贊成，總覺得很有興趣，可是要進一步跟他們討論「名」「實」這樣深刻的問題，他們就興趣缺缺了。所以，公孫龍心裡頭明白，他寫的〈名實論〉恐怕只有少數人才感興趣，也恐怕只有少數人才能領會其中的微言大義。

5・指物通變

〈名實論〉寫好之後，公孫龍又想到了〈指物論〉和〈通變論〉兩個篇目。他發現，「指」跟「物」之間的關係極其複雜，「指」是一種抽象的符號概念，「物」則是我們運用感官可感覺到的東西。符號是靜止不動的，而萬物則是變動不居的。譬如，「花」這個字是不會變動的，但是，真正的花卻一直在變化！因此，「指」這種靜態的符號是無法窮盡「物」的變動特性的。此外，「物」有看得到的表象的一面，更有看不到的本體的一面。「指」真能將「物」指涉殆盡嗎？

公孫龍越研究，越覺得有意思，但也越覺得傷腦筋。

「子秉！該休息！該吃飯了！」每當公孫龍聚精會神地思考語意問題時，上官嫣紅總是提醒他，不要用腦過度，該讓腦筋放鬆時就要停筆休息。

除非是下雨天，否則公孫龍用餐之後，總會在院子裡散步一下，活動一下筋骨。若是晚餐之後，他總會望著天上的月亮和星星在想：「我們用肉眼看到的月亮和星星，難道就是它們的原貌嗎？如果不是原貌的話，那我們寫的「月」和「星」兩個字，跟真正的月亮和星星不是差別極大嗎？」

有時候，公孫龍會一個人走到他家附近的小河邊，望著流水沉思。孔子看到河川時，曾經感慨人生萬事就像河水般的不停流逝；而公孫龍則在仔細觀察「水」這個字跟真正的水之間的區別。他發現，真正的水可以解渴，可以洗臉、洗衣，甚至還可以在上面泛舟；而「水」這個寫在竹簡上的文字，既不能解渴，又不能洗臉、洗衣，更無法在上面泛舟。因此，他得到的結論是：「水」這個字並不等於真正的水，它只是一個用來方便稱呼某種流體的人為符號罷了。

「我能跳進河裡游泳，但我能跳進『河』這個字裡去游泳嗎？我能吃魚，但我能吃『魚』這個字嗎？我能騎馬，但我能騎『馬』這個字嗎？」這些問題經常在公孫龍的腦海裡盤旋著，而他即將針對這一系列重要的語意問題，發抒他個人的獨特見解。他很清楚，即使熱愛名辯的墨者也不會去留意這方面的問題的。

公孫龍小時候見過三隻腳的雞，因此，若有人說「雞有三隻腳」，他是不會驚訝的。可是，大多數人並沒見過三隻腳的雞，要對他們說「雞有三隻腳」，他們的反應就可想而知了。因此他要用一種奇特的觀點來證明「雞有三隻腳」！不但「雞有三隻腳」，連牛、羊、犬也都可能有五隻腳呢！他在〈通變論〉這個篇目裡，要玩弄一些數字來強調萬物之間的異同。他知道，他的這個觀點一定會引起其他學者的批評。而他也不在乎別人的批評，他就是要引起爭議，有了爭議，別人才會看他的書，而看了他的書之後，必然會注意到他在名實問題上所下的扎實功夫。所以看他的書，不能只看幾個片段，必須看完全冊，才能領會到他與眾不同的識見。

他最擔心的是，萬一竹簡脫落了或者因為其他原因，而使後人看不到他著作的全貌，那他可能就要被世人誤解到千秋萬世了！因此，每寫完一篇，他都要好好檢查竹簡與竹簡之間的絲繩有無聯接好，他甚至請他的妻子上官嫣紅也幫他檢查一遍之後，才安心地把竹簡捲好，擱置於木櫃中。

6・去蕪存菁

想完五篇的篇目之後，公孫龍暫時鬆了一口氣。但沒多久，他又接著再思索其它八篇的篇目。

「要不要來一篇談君臣關係的文章？如果要的話，要怎麼談才有新意？」公孫龍想起趙王、燕王，想起平原君、鄒衍，就不由得不想起君臣這個問題來。因為他知道，儒者、法術之士最擅長君臣關係，如果他的見解不能超越他們的話，那他寧可放棄不寫，也不願意講一些卑之無甚高論的東西。

「還有，觀察也是個很重要的問題。不懂得觀察，國君就會被說客給蒙騙過去，老師也會被學生給蒙騙過去。孔丘先生與孟軻先生都很重視察言觀色這個問題，只不過他們二人談的還不夠深入，探討的還不夠全面罷了！」想完君臣，公孫龍又想到了一篇目。

「說服與辯論也是一個很重要的問題，乾脆來個《說辯論》，專門探討說服與辯論的技巧也不錯！只是，墨者很重視辯論，他們對這個問題一定會有一些看法的，我能寫出更有系統的理論來嗎？若是不能的話，又何必浪費竹簡呢？」公孫龍想完一個篇目又想到一個篇目。但始終還未做最後的決定。但不管如何，他計畫寫的十三篇的數量是不會輕易改變的。

他的妻子上官嫣紅見他最近丟棄了不少竹簡，便問他道：「子秉！你最近丟棄了一大堆竹簡，是不是寫作上遇到什麼困難了？」

公孫龍回答道：「還是賢妻心細！我確實是為一些尚未定案的篇目在煩惱著！」

「我知道你已經完成了五篇的篇目，還差八篇的篇目。是吧？」上官嫣紅問道。

「沒錯！我正在為這八篇的篇目發愁呢！」公孫龍答道。

「不要急！慢慢來！先別急著提筆！等篇目定了，各篇要旨都想清楚了，再下筆也不遲！你別誤會，我不是心疼竹簡的費用！」上官嫣紅解釋道。

「我知道了！妳放心好了！我會照妳的意思去做的！」公孫龍帶著感激的心情說道。

其實，公孫龍有時會想，到底該寫多少字才好，總不能比老子的五千字還少吧。他聽說有學者一寫就是一、二十萬字，他個人覺得還是言簡意賅比較好。如果一、二十萬字裡，有一大半是學生將自己的文章摻雜進去的，那就浮濫不堪了。現在，他的書既然是由他本人執筆，而非假手於他人，他就應該去蕪存菁，用少數文字就把思想精華展現出來才對。至於別人愛寫多少字，他也管不著。他只希望自己的這三萬言能完完整整保存下來，傳之於世。

7・鶼鰈情深

擬定好的篇目是否還要更動或者從此不再更改了呢？〈名實論〉與〈指物論〉是否合為一篇比較妥當？〈通變論〉是否改放在〈堅白論〉前面？全書的字數是否再增加一點點？這些問題繼續困擾著公孫龍，甚至影響到他的睡眠。

「子秉！你已經失眠好幾個晚上了，是吧？」一天早上，上官嫣紅親切地問公孫龍道。

「哪有失眠？我睡得可香呢！」公孫龍隨口答道。

「你還騙我？我都看到啦！」上官嫣紅皺了皺眉頭說道。

「妳看到什麼？」公孫龍笑問道。

「看到你一個人起身在房間走來走去的！那不是失眠，難道是夢遊不成？」上官嫣紅笑著說道。

「什麼事都瞞不過妳！對了！我一失眠，不是害得妳也跟著睡不好覺了嗎？真對不起！」公孫龍猛然覺醒道。

「還好啦！沒什麼大影響啦！不像你，白天用腦過度，晚上失眠，久了就會傷身子！」上官嫣紅說道。

「沒辦法！有些問題沒解決，到了晚上怎麼睡也睡不著？妳說，是不是勞力的人比勞心的人睡得要香？」公孫龍嘆道。

「那也不一定吧！主要是看有沒有心事！如果有心事的話，白天工作再辛苦的人，到晚上還是會失眠的！」上官嫣紅不以為然地說道。

「妳說得一點也沒錯！我就是心事太重，所以睡不安穩！」公孫龍也說道。

「你的心事恐怕一時也解決不了！等你的著作完成了，心裡頭那塊大石頭才會完全放下來吧？」上官嫣紅又問道。

「一點也沒錯！還是妳了解我！」公孫龍說道。

「都老夫老妻了！我不了解你，誰還了解你？真是的！」上官嫣紅故作生氣狀。

「謝謝妳！嫣紅！有妳陪著我！鼓勵我！我想我會很快把書寫完的！這樣妳也不必整日為我操心了！」公孫龍用感激的眼神看著上官嫣紅。

上官嫣紅聽了，感到十分欣慰。

8・弟子近況

一個人心無旁騖地寫東西時，就會覺得時間過得特別快似的。公孫龍也有這種感覺。他寫著寫著，幾乎忘了四位弟子現在在做些什麼。

一天上午，綦毋軒跑來探望他。

他一見綦毋軒，就高興地問道：「綦毋同學！你去哪啦？怎麼好久沒見你來看我！其他三位同學又到哪去呢？」

綦毋軒於是說道：「自從先生離開平原君府之後，學生也跟著離開了。目前在家裡待著，哪也沒去！學生聽師母說先生正在閉門寫書，所以不敢前來打擾先生！」

「原來是這樣！我確實是寫得太入神，把很多東西都暫時拋諸腦後了！」公孫龍帶著歉意說道。

「就憑先生這種專心不二的治學精神，一定會寫出名垂青史的鉅著的！」綦毋軒則說道。

「我的年歲大了，能執筆寫書的時間也有限了！現在恨不得一天當兩天來使用才夠！等你到我這個年紀時就會明白我現在的心境！還有，有些人的思想會超越當世的想法，因此，當世之人未必都能接受他。也許，要等數百年甚至千年後才會被普遍接受！你說是不是？」公孫龍似有所感地說道。

綦毋軒聽了此話後，不斷地點頭。

隔了一會兒，公孫龍忽然問綦毋軒道：「對了！綦毋同學！你要是今天不來，有件事我差點也給忘了！」

「先生所說何事？」綦毋軒趕忙問道。

「就是，南宮仁、司馬信和歐陽嘯他們三人的近況如何？總不會跟你一樣，都待在家裡吧？」公孫龍急著說道。

「學生今天來的主要目的，就是要告訴先生他們三人的近況。南宮仁已經到齊國去投效孟嘗君，司馬信已經往魏國去投靠信陵君，歐陽嘯則到了楚國去依附春申君。他們個個都懷有雄心壯志！本來他們三人早就想來當面跟您辭行，可是又覺得愧對於您，所以便悄悄走了！」綦毋軒娓娓答道。

「唉！他們哪有愧對我？反倒是我愧對他們才是！都怪我連累了他們三個人！要不是我被大王、平原君疏遠，他們都有機會在趙國發揮所長的！唉！我真的耽誤他們太久了！」公孫龍長嘆一聲道。

「先生千萬別自責！這不是先生的錯！錯在大王與平原君聽信讒言，才害得先生聲勢墜落的！」綦毋軒趕緊安慰道。

公孫龍聽了綦毋子的一番話，心裡覺得十分欣慰。

稍後他又嘆道：「那，你也學南宮仁他們三個人，前往別處去好好發展吧！跟著我是沒前途可言的！我已經耽誤了他們三個，不能再耽誤你了！你快走吧！我不會怪你的！」

「不！學生曾經發誓要終身追隨先生，學生不能違反誓言的！請先生不要將學生趕走！學生給您磕頭！」綦毋軒說完，隨即雙膝跪在公孫龍面前。

公孫龍見綦毋軒誠意感人，趕忙說道：「你快起來，我答應你就是了！」

聽了這句話，綦毋軒才慢慢站了起來。

9・無限感慨

等綦毋軒走了之後，公孫龍心中有無限的感慨。

他問上官嫣紅：「我的學生南宮仁、司馬信和歐陽嘯他們三人都各奔前程去了！他們的決定是對的！老跟著我，會有什麼大出息！只有綦毋軒，不趕快跑去別的國家發展，卻偏偏要留在我這個白髮老翁的身邊，跟我學習，妳說他是不是太傻了點？」

「我覺得綦毋軒的個性倒有點跟你相似！」上官嫣紅隨即說道。

「跟我相似？真的嗎？妳沒看錯吧？」公孫龍不以為然地說道。

「我當然沒看錯！是跟你很相似！你不想當官，他也不想當官；你不想經商，他也不想經商；你專心作學問，他也專心學習。在你的四位學生中，他算是比較穩重，也比較聰慧的一位！」上官嫣紅解釋道。

「經妳這麼一說，我也覺得他滿像我的！」公孫龍點了點頭說道。

「只不過…」上官嫣紅話到嘴邊又停住了。

「只不過什麼！妳說就是了！這裡只有我們兩個人，不會有其他人聽到的！」公孫龍暗示道。

「只不過，他跟著你做學問，他就吃虧了！」上官嫣紅終於說出了口。

「吃什麼虧？」公孫龍詫異地問道。

「他很難超越你治學的成績！」上官嫣紅回答道。

「為什麼？」公孫龍又問道。

「因為，他的智慧不及你！才華也不及你！他就像一隻火炬，在燦爛的陽光照耀下，人們根本無視它的存在！」上官嫣紅嘆息道。

「可是！比起南宮仁、司馬信和歐陽嘯他們三人，綦毋軒已經算是有智慧有才華的學生了！」公孫龍又說道。

「的確如此！只不過，不知道他心裏會是怎麼想的！如果他只是追隨你，尊你為師，有自知之明，那他就會很快樂！如果他有超越你的念頭，那他就會痛苦不堪了！」上官嫣紅也做了進一步的分析給公孫龍聽。

公孫龍聽了，無奈地說道：「不管他是怎麼想的！既然他願意留在我身邊，我也不好拒絕了！」

「那當然！有他在你身邊，我就放心多了！畢竟他比我們年輕，有些事還非得找他幫忙不可！」上官嫣紅也說道。

公孫龍點了點頭。

10・告別人世

趙孝成王十三年〔西元前 253 年〕，公孫龍撰寫的書還剩一個篇目就要完成時，他的妻子上官嫣紅卻因感染風寒，不治而亡。

上官嫣紅臨死前，對公孫龍說道：「子秉！我快不行了…我這一生最快樂的事就是能與你結為夫妻…最遺憾的事就是沒能給你生個兒子…你的書一定要努力寫完…」

「嫣紅！妳怎麼忍心先走了呢！妳還沒看完我寫的最後一篇文章啊！」公孫龍越想越傷心，禁不住抱著上官嫣紅的遺體大聲哭喊道。

上官嫣紅病逝後，踽踽獨行的公孫龍感到異常孤單與悲慟，他無時無刻不在想念著上官嫣紅，因此，寫作的速度也跟著慢了下來。有時，一天只寫十個字；有時，一天還寫不到一個字。有時萬念俱灰時，他甚至想將完成的竹簡一把火給燒掉。但是想到上官嫣紅臨終前對他寫作的鼓勵，他還是得繼續執筆寫下去，不能功虧一簣。免得到了九泉之下，上官嫣紅都不會原諒他。現在，唯一常伴在他身邊的人就是他的大弟子綦毋軒，綦毋軒常來照顧他的生活起居。

「你看！我最後一篇篇目叫做〈偃兵論〉好不好？」公孫龍邊咳嗽邊問綦毋軒。他的聲音沙啞，說話有氣無力，身體顯然越來越虛弱了。

「當然好啊！先生一生從未放棄偃兵的理想，自然應該將它寫進書裡，告誡世人！所以，這一篇是絕不能少的！」綦毋軒隨即答道。

「嗯！你說得很有道理！只是墨翟先生曾經談過兼愛與非攻，我寫的〈偃兵論〉就不能跟他重複，一定要有自己的特色才行！」公孫龍也說道。

「對了！先生！學生一直想問您，我們趙國把中山這個小國給滅掉了，害得他們的公子到處流亡。站在趙國人的立場，認為是對的！可是，站在中山國人的立場，他們卻認為是不對的！這到底是對還是不對呢？」綦毋軒趁機問道。

「什麼理由都不對！你能找到理由滅掉甲國！乙國也能找到理由滅掉你！而事實上，這些理由有哪一個是站得住腳的！總不能說我滅你就是對的，你滅我就是不對的！真這樣的話，這世界還有是非可言嗎？」公孫龍搖搖頭說道，他似乎對以往趙國國君的一些作法也無法苟同。

綦毋軒聽了之後，只有沉默無言。

公孫龍則心想：「不管做國君的是否認為我是在唱高調，是個不切實際的人！但我一定要將『偃兵』的思想傳達給在位者，讓他們知道：歷史會證明我的看法才是正確的！」

有時他也在想，到底要不要把〈偃兵論〉放入他的著作中？他的著作應該專門討論名實或言意問題就夠了，無須再費筆墨去探討名實以外的問題。還是什麼問題都可談，不必畫地自限？他有點猶豫不決了…

當他日以繼夜地寫下去，寫完最後一個字時，心力已經交瘁。孑然一身的他知道自己已是日薄西山，所以急忙交代綦毋軒說：「我死後，你務必把這部書面呈平原君閱覽。還有就是，我曾經千叮嚀萬叮嚀過的，不許在我的書中加添任何詆毀別的學者的材料，否則我死也不會瞑目的！知道了嗎？」

「學生一定遵照先生的指示，絕不敢妄加一詞的！請先生放心好了！」綦毋軒趕緊答應道。

聽完綦毋軒的保證之後，公孫龍這才闔上雙眼，告別了人世。

「先生…先生…」綦毋軒見狀，終於忍不住嚎啕大哭了起來。

第十章
浮雲散去月漸明

1・剽竊之心

公孫龍病逝後，綦毋軒立即託人通知公孫龍的女兒公孫彤回來處理喪葬事宜。公孫彤建議將她父親公孫龍葬在母親上官嫣紅的墓旁，這樣一來，他們倆就可以永遠相依在一起了。綦毋軒一切都聽從公孫彤的安排。另外，他也分別找人通知南宮仁、司馬信與歐陽嘯三人，希望他們能抽空返回邯鄲弔祭他們的老師公孫龍。

安葬好公孫龍之後，綦毋軒選了個晴朗天，找了一輛牛車，準備把公孫龍的三萬言遺作，也就是十三篇竹簡先運回家中閱讀，再設法去拜見平原君。

他曾聽公孫龍說，惠施先生的藏書要五輛牛車才裝得下，可見惠施先生是多麼的博學啊。可惜的是，他和老師公孫龍先生都沒讀過惠施先生親自撰寫的著作。不知道是惠施先生沒有下筆撰寫，還是不慎把竹簡遺失了。所以，這次他一定要把老師的遺著保管好，絕不能弄丟或弄散，讓老師的畢生心血付諸東流。因此，他駕駛牛車時，不時地回頭看著車上的竹簡，生怕它們會遺失掉。

等到了家門口，他仔細檢查車中竹簡完好如初之後，他才把整顆心放了下來。然後就一卷卷小心翼翼地搬回屋裡。他的妻子是個不識字的婦人，所以對他運回來的竹簡毫無興趣，也不會去追問他是怎麼弄來的。

當綦毋軒一篇篇仔細閱讀之後，才發覺這是一部可以傳世的鉅著，自己一輩子也寫不出來這樣的曠世傑作。看著看著，他腦海裡突然閃現一個念頭：「知道老師寫這部書的只有三個人，那就是老師、師母和我！如今，老師和師母都已病逝，知道這部書的真實作者的人也只剩下我一個人，就連平原君也不知情！如果我把作者的名字改成『綦毋軒』，那我豈不要名垂千古了！」

一想到這兒，綦毋軒簡直要心花怒放了。因為，名垂青史乃是所有讀書人夢寐以求的一件事情。所以，這一天，他很興奮，興奮得晚上睡覺都做了一個很甜很美的夢。在夢裡，他受到百家的推崇，走到哪裡都有人誇獎他道：

「綦毋先生，您的大作立論真是精采絕倫，見解真是獨到，我們甘拜下風，請您來擔任我們稷下學宮的領袖吧！」

「綦毋先生，鄒衍先生要是跟您比起來，就像山雞遇上鳳凰一樣，羞得無地自容了！」

「綦毋先生，您的鉅著如果讓您的老師公孫先生看了，也要以你為榮，反過來拜您為師了！」

他聽了這些讚美之詞之後，內心浮現出一種從未有過的飄飄然感覺，他心中暗想：「我綦毋軒終於熬出頭，終於要光宗耀祖了！南宮仁、司馬信和歐陽嘯知道了，不羨慕死、忌妒死我才怪！幸好他們都沒留在先生身邊，否則哪輪到我來出名？這真是天助我也！」

然而，正當他陶醉在一片讚美聲裡，正在大做他的美夢時，突然間，一個熟悉的身影出現了，他抬頭一看，原來是他的老師公孫龍先生。

形如枯木，鬚眉盡白的公孫龍一見到他，就指著他的人，大聲斥責道：「綦毋軒！你這個偽君子！怪不得其他三位同學紛紛都出國尋求發展，而你卻偏偏要守在我的身邊。原來你接近我、照料我，都是有目的的。其實，師母她早就看出你的居心了，只是她沒有向我明說而已。但我得告訴你！這本書是我窮畢生之力，嘔心瀝血的智慧結晶，其他學者是怎麼寫也寫不出來的。你倒好，什麼沒學會，卻學會了投機取巧！輕輕鬆鬆換枚竹簡，改個名字，就變成你的傳世之作了！這樣公平嗎？你對得起你的良知嗎？你不怕被人揭穿嗎？我現在鄭重向世人宣布：我要跟你斷絕師生關係，將你的姓名永遠從我的門派中剔除！」

綦毋軒夢醒時，驚出一身冷汗。幸好他妻子睡得很沉，沒有察覺他的異狀。他心裡越想越害怕，覺得自己太對不起業師公孫龍先生，自己的行為簡直太齷齪了。要是讓他的親友知道他的行為，他們也會看不起他的。

「先生！學生錯了！學生不應該起剽竊之心！這部書是您在名學上的登峰造極之作，足可以傲視學界，名垂青史！學生無論在學養與辯才上都不及您萬分之一，將您的著作掛上學生的姓名，實在是對您的大不敬！希望您在天之靈能原諒學生一時之好名心切，不要把學生逐出師門！學生會遵照您的遺言，將您的鉅著面呈平原君閱覽。讓他了解您的苦心，不再對您有所誤會！」綦毋軒在床上低頭閉目向公孫龍懺悔他的不當行為。

2・毛遂黯然

第二天上午，綦毋軒親自駕著牛車，載著簡冊，向平原君府駛去。

當他到達平原君府時，正巧平原君被趙孝成王召去面商國事。於是，他就在門口等待平原君，誰知這一等就足足等了快兩個時辰。

綦毋軒心想：「我是先生的學生，而先生早已被大王冷落，被平原君疏遠！我現在冒昧地出現在平原君府，會不會有他的門客偷偷跑去通知他，叫他留在宮廷，故意不接見我，好讓我知難而退！如果是這樣的話，就算我等到天黑也見不到他本人啊！若是見不到他本人，我怎麼去履行先生的遺言呢？」一想到這，綦毋軒就有點坐立不安了起來。

此時，進入平原君府的門客越來越多。新來的門客不認識綦毋軒不說，舊的門客就算認識他，知道他是公孫龍的大弟子，也都裝作不認識，趕緊邁步進入大門。因此，他只有孤伶伶地站在牛車旁等待平原君。

「你不是公孫先生的高足綦毋先生嗎？你載著一牛車的書來做什麼？」綦毋軒正倚靠著牛車沉思時，忽然聽到有人在喊他的名字，他猛然覺醒，然後問道：「是誰在叫我？」

「是我！毛遂！」眼前一個人影回答道。

「原來是毛遂先生！失敬！失敬！不知先生問我何事？」綦毋軒趕緊道歉。因為，他也知道毛遂是解除邯鄲危機的功臣之一，深受平原君器重。

「我是想問先生為何載著一牛車的書來平原君府？」毛遂說道。

於是綦毋軒就把公孫龍病逝以及交代他將遺作面呈平原君的事情，原原本本地告訴了毛遂。

「什麼？公孫先生已經病逝了！」毛遂聽到此一消息，內心頗為震驚。之後，他向綦毋軒打探出公孫龍的安葬之處，便黯然離去了。

3・國君補償

等平原君回府時，已經是烈日當空的正午時分。綦毋軒見平原君駕車回府，喜出望外，立即向前拜見平原君說明此番來意，平原君聽了他的說明之後，欣然收下公孫龍的遺作，並且以豐盛的午宴款待他。他原本以為，平原君會拒收公孫龍的遺作，將他逐出府第。但是，出乎意料地，平原君見到他時，臉上露出驚喜的表情，還不時問長問短，讓他感到十分欣慰。而他在席間也發現，多年不見，平原君已老態龍鍾，神態就像暮年的公孫龍。當他離開平原君府時，平原君還親自在大門口目送他駕駛牛車遠去。

綦毋軒離開後，平原君在房間自言自語道：「沒想到公孫先生已經病故，而且還把他的遺著託大弟子綦毋先生親自面交給我。可見他還是看得起我，沒有記恨我！這樣我也就寬心多了。」於是，平原君開始覽讀十三篇。

平原君每讀完一篇，就被公孫龍的才學折服。他慢慢發現，公孫龍並不是一般賣弄口舌的詭辯家，而是一個特立獨行的思想家。公孫龍的「白馬非馬」主張自有它的特殊理由，不是隨便用「詭辯」兩字就能完全抹煞掉的！平日穿梭於平原君府的那些辯士，沒有一個能跟公孫龍的智慧相比。至於操守方面，公孫龍更是勝於那些汲汲於富貴榮華的門客。

「我雖然曾養士千人，位居相國之職，權勢比公孫先生大得多，所享榮華也只在一人之下。然而，他的遺作卻可以名垂千古，萬人傳誦。這就是我趙勝永遠不及他的地方！」平原君想想自己，又想想公孫龍，禁不住感慨萬千。

看著十三篇，平原君又想起鄒衍和孔穿二人。他們都曾經在他面前詆毀過公孫龍，把公孫龍貶成一文不值的詭辯之士。他當時也不知怎麼的，居然相信他們二人的讒言，還讓趙孝成王收回了賜給公孫龍的白馬華車，並且整日與鄒衍談論國政，逐漸疏遠了公孫龍。

起先，鄒衍的確很受趙孝成王和他的敬重，趙孝成王和他都認為趙國有了「談天衍」這樣的大師，必定國運昌隆，稱霸天下。因此，鄒衍在趙國享盡了至高的榮華富貴，要華屋有華屋，要黃金有黃金，要美女有美女，要僕役有僕役。在趙國，除了趙孝成王和他本人之外，鄒衍恐怕是第三個位高權重的人物了。正因為如此，有心巴結鄒衍的人也越來越多。每當鄒衍上朝下朝之時，隨行的車馬與人員，簡直是浩浩蕩蕩，壯觀無比！連趙孝成王和他看了，都自嘆不如。

然而，久了之後，他和趙孝成王才看清楚，鄒衍講的那一套五行與國運的關係，其實對趙國一點幫助也沒有。鄒衍對趙國的貢獻還不如公孫龍來得大呢。然而公孫龍卻從不自居其功，以此傲人。因此，他和趙孝成王就慢慢疏遠了鄒衍。後來鄒衍發現情況不對，就藉故離開了本想終身居留的趙國。他和趙孝成王知悉此事後，也就不再挽留鄒衍，任鄒衍而去。

等鄒衍離開之後，他和趙孝成王又想起了公孫龍這位機智善辯的白馬辯士，很想再延攬公孫龍擔任客卿。只是，他們二人都覺得內心虧欠公孫龍太多，拉不下臉來邀請公孫龍再返平原君府，因此時間就這麼拖了過去，害得他們二人根本不知道公孫龍病故的消息。

現在，公孫龍的大弟子綦毋軒帶來了公孫龍的遺作，他才知道公孫龍已於日前病故，他想當面向公孫龍致歉並且補償對方的機會都沒有了，讓他內心覺得十分遺憾。

「要不要把這個消息趕快告訴大王呢？我想，大王也一定很想知道公孫先生的近況吧？對！就這麼決定了！免得大王一直放不下心！」平原君想到了趙孝成王對公孫龍的思念，於是趕緊把公孫龍病故的消息稟告了趙孝成王，趙孝成王聽了，不禁嘆息道：「都怪寡人錯怪公孫先生，收回了他的白馬華車，才讓他抑鬱以終。寡人真是對不起他啊！」

「大王莫要自責，要怪就得怪那什麼『談天衍』！要不是他在背後詆毀公孫先生，公孫先生也不致於身罹重病，黯然離開人世了！」平原君聽了之後，隨即安慰趙孝成王。

「那您認為現在該如何補償才好呢？若是不補償的話，寡人一輩子都不會心安的！」趙孝成王急著問道。

「臣以為，大王可以追封公孫先生為『白馬上卿』，公孫夫人為『白馬夫人』，藉以光耀他的門楣！另外就是請大王准許臣親駕『飛霜』與『飛雪』華車，前往公孫先生墳前致敬致哀！不知大王意下如何？」平原君答道。

「太好了！就照您的意思去辦好了！只不過…」趙孝成王忽然停頓了一下。

「只不過什麼？請大王明示！」平原君問道。

「只不過您的年事已高，還能親自駕駛馬車嗎？要不要寡人派專人為您駕車，您坐於車廂中就好了！」趙孝成王解釋道。

「臣多謝大王的美意！臣的身體還能勝任駕駛工作！況且由臣親自駕駛，更能顯出臣對公孫先生的誠意！不知大王以為如何？」平原君也說道。

「嗯！您說得不無道理！就照您的意思去做好了！對了！有什麼需要宮裡支援的，您儘管開口就是！無須客氣！」趙孝成王點了點頭。

「謝謝大王！」平原君也說道。

4．平原追悼

趙孝成王十四年〔西元前 252 年〕五月初，平原君駕著「飛霜」與「飛雪」合拉的華車，在綦毋軒帶領下來到公孫龍墳前祭拜。綦毋軒無意中發現，平原君駕車的速度比一般人要慢了許多。

平原君將馬車停在公孫龍墓前，然後對著公孫龍的墓碑行禮說道:「公孫先生！趙勝來晚了一步！趙勝未能親自見到您最後一面，請您務必原諒趙勝的疏失！您的高足綦毋先生將您的遺作親自送到趙勝家，趙勝已仔細拜讀數遍，對您的真知灼見佩服之至。趙勝相信它是一部足以名垂青史的傑作。過去幾年，由於趙勝的識人不明，誤信讒言，使得先生蒙受污衊與冷落，導致先生心情抑鬱，元氣大傷。趙勝內心實在過意不去！

大王聽到先生去世的消息之後，十分自責與哀慟！特別追封先生為『白馬上卿』，先生之夫人為『白馬夫人』，希望此舉能稍稍彌補他對您的虧欠。此外，大王還命我駕駛『飛霜』與『飛雪』華車，前來追悼您！『飛霜』與『飛雪』曾經陪伴您數年，如今牠們也步入老邁之年。這可能是牠們最後一次來看望您的機會了。」

說也奇怪，當平原君講完話時，「飛霜」與「飛雪」各自長鳴了一聲，聲調聽起來十分哀傷，連平原君都忍不住落下淚來。

祭拜完公孫龍之後，平原君又親自駕駛「飛霜」與「飛雪」合拉的華車，慢慢駛回府第。一路上他心裡暗想：「沒想到『飛霜』與『飛雪』至今還惦記著他們的舊主人，真是難得啊！這樣的忠馬哪裡去找啊！公孫先生地下有知，一定會感到萬分的欣慰的！如果我趙勝也有幾匹這樣的忠馬，那該多好啊！」

回府後，他趕緊前往宮廷，將今天追悼公孫龍的過程，一五一十的稟告趙孝成王。趙孝成王聽了，十分感動，也默默祝福公孫龍在天之靈得以安息。

當晚，平原君夢到公孫龍對他說：「謝謝大王對我以及內人的追封，也謝謝您親自帶著『飛霜』與『飛雪』前來看我。這讓我感覺到，籠罩在自己頭上的一片浮雲已經逐漸散去，世人將會慢慢看到我的真實面目，這樣，我已了無遺憾了。現在，我不能再為趙國效力！趙國就靠您跟大王小心守護了…」

5・墓前弔祭

隔天上午，在公孫龍墓前出現一位身穿白色綢衣的中年男子。只見他對著墓碑低聲說道：「公孫先生，晚輩毛遂前來看您了。要不是當年先生指點毛遂，讓毛遂隨平原君出使楚國，向楚王請求救兵，以解邯鄲之危；毛遂也無機會以劍強令楚王歃血為盟，派遣春申君率軍前來解救趙國。毛遂本是個其貌不揚的市井之徒，一向沒沒無聞，毫無建樹。如今卻被平原君奉為上賓，享受特殊的禮遇，這一切實際上都拜先生所賜。由於先生吩咐毛遂勿將此事張揚，因此外界都不知道您才是救趙的大功臣。毛遂今天前來，就是要向您表達至高的謝意與敬意！毛遂是個粗人，不懂什麼名實之學，但得知先生留下鉅著，也為先生感到高興！畢竟，君子立言，乃是不朽之盛事啊！」

其實，毛遂從公孫龍大弟子綦毋軒的口中得知公孫龍病故的消息後，本想立即前往公孫龍的墳地弔唁。後來一想，萬一遇到平原君就糟了。到時平原君問他為何來此祭拜時，他該如何應答才好！因此，他還是等平原君祭拜完公孫龍之後，再來祭拜。這樣就不會遇上平原君，免得尷尬了。

十天之後，又有一位兩鬢皆霜的黑衣老者來到公孫龍墓前弔祭他。

黑衣老者行禮說道:「公孫先生！鄒衍來看您了！記得在燕國時，您備受燕昭王的禮遇，讓我忌妒不已。於是我在燕昭王前一直批評您的偃兵思想，大談我的五行與國運關係。結果，急於雪恥復仇的燕昭王當然接納了我的學說，而拒絕了您的學說。此後，您在燕昭王面前就失寵了！

當我聽說您騎白馬跨出邯鄲城門，因而獲得白馬華車之尊榮之後，我就更忌妒您，一心想奪取您的殊榮。我雖然有『談天衍』的稱號，但您也有『白馬龍』的美稱。為了不讓您得到大王的寵信，享受至高的榮華。於是我特地來到趙國，在大王與平原君面前中傷您，讓您失去白馬華車，遭到冷落。但可惜的是，我雖然風光一時，但久了之後，大王與平原君發現我的理論空泛，對趙國國力毫無助益，於是我也遭到疏遠了。現在回想起來，我覺得我的作法太不應該，所以我來您墳前懇求您的原諒。

其實，您的『白馬非馬』之說，有您獨創一格的看法！您的思想也非一般人所能理解！。孔丘先生與孟軻先生的思想與您比較起來，就顯得易懂多！如果您討論的問題太深奧的話，就注定您的知音寥寥無幾了！我聽您大弟子綦毋軒說，您生前留下十三篇的三萬言遺作，要他當面呈獻給平原君。我想，以您的才學睿智，寫出來的東西一定是可以傳諸後世的！只可惜我無法看到您的鉅著，否則，我一定會日夜拜讀，不忍釋手的。

您努力探究名實之學，又有四位高徒跟隨您，比起我來，您的成就要高多了，您真的可以安息了。您的治學精神很令我感佩，因此，我也準備要寫一部有關天文地理陰陽五行的著作，傳之於世。我這次偷偷來看您，是經過反覆的考慮後才決定的！本來，我離開邯鄲成之後，就不打算再回來了。不瞞您說，一個失寵的門客，最怕的就是旁人的閒言閒語。但，為了向您表達由衷的歉意，我還是得親自前來一趟才能安心。為了怕旁人認出我來，因此我稍加易容後才敢前來邯鄲看您的！希望您能原諒我過去對您造成的傷害！我走了，免得被熟人發現就不好了！」

鄒衍祭拜完之後，用右手遮著臉，然後東張西望了一下，發現四周杳無人影時，便匆匆離開了墳地。

6・白馬陪葬

半年之後，「飛霜」與「飛雪」同時暴斃，平原君特將兩匹白馬的遺體，合葬在公孫龍及其夫人的墓旁，讓牠們永遠陪伴這位高唱「白馬非馬」的主人。

平原君對著墓碑說道：「公孫先生！『飛霜』與『飛雪』這兩匹您最鍾愛的白馬，已經在日前同時病逝了！趙勝想到您生前一直高唱『白馬非馬』，又得到大王賞賜『飛霜』與『飛雪』，與牠們共度了不少歲月。因此，趙勝決定將他們的遺體安葬在您以及您夫人的墓旁，這樣您就永遠可以看到牠們，牠們也可以永遠看到您了。您說這樣好嗎？您不會怪趙勝多事吧？趙勝能為您做的事，恐怕也只剩這些個了！」

第二年春天，平原君也因病逝世於府中。逝世前晚，平原君曾夢見公孫龍駕著「飛霜」與「飛雪」合拉的華車，從白雲中慢慢向他駛來。

平原君死後，綦毋軒遵照平原君的遺言，將老師公孫龍十三篇竹簡上的三萬言文字，用貴重的絲帛重新謄寫一遍，陪葬於他的棺木旁…

〔全文完〕

後記 1

公孫龍子〔約西元前 325 年至西元前 252 年〕是位具有爭議性的歷史人物。他的現存著作《公孫龍子》，根據《漢書藝文志諸子略》的說法，原有十四篇，如今只殘存六篇；而楊雄《法言・吾子篇》也說公孫龍有「詭辭數萬」，但如今也只剩下不到二千字的一本小書。

他短缺的八篇或其餘的數萬言究竟是甚麼，除非能在馬王堆或銀雀山等漢墓出土，否則在思想史上依舊是一個大空白。治思想史的人面對這樣一個棘手的問題，似乎也無能為力了。而他的傳記也是資料甚少，真偽參半；不但司馬遷的《史記》未曾著墨，就連記載公孫龍子事跡的〈跡府篇〉也不完整。尤其他的家庭、童年、少年、婚姻及晚年方面的史料更是一片空白。要替公孫龍子「立傳」，是相當困難的一件事。因此，不得不借助「歷史小說」這種半虛構文體來彌補這方面的缺憾了。

坊間有關中國歷代帝王將相、宮闈〔後宮〕秘史的歷史小說已經多得不勝枚舉，而有關中國古代思想家方面的歷史小說〔**思想史小說**〕卻少之又少。再加上有關公孫龍子的研究幾乎又都屬於純學術性的 2D 著作，內容艱澀有餘而生動不足，讓人很難一窺公孫龍子的「全貌」。筆者有鑑於此，特別參考了數十本相關書籍，再憑藉自身的想像力，寫下了這本書。希望透過這部十萬字的長篇小說，能呈現出一位有血有肉，「生龍活虎」的 3D 公孫龍！

——2013 年於慕中齋

後記 2

這是筆者撰寫的第二部歷史小說，因此列入「三部曲」之二。

與筆者第一部歷史小說《秦始皇奪寶秘史》的內容相比，本書的「娛樂性」顯然要「遜色」許多，這當然跟寫作的題材有密切的關係，而題材「懸殊」,「風格」自然迥異。

正由於小說的主角公孫龍子是一位通曉「邏輯問題」與「語意問題」的哲學家，因此，閱讀本書的讀者，若是曾經涉獵過這個知識領域或者對這個知識領域頗感興趣的話，相信讀起來就不會覺得「枯燥無味」了。

本書於 2013 年完成初稿之後，又斷斷續續稍作修改，之後因為諸種原因，特別是為了配合筆者歷史小說「三部曲」同步出版的新計畫，才延至今日正式問世。

附帶一提的是，本書初稿的書名原為《公孫龍外傳》，經過筆者幾度思考之後，決定「從善如流」，改為《公孫龍子外傳》。主要原因是：「子」這個稱呼，如諸「子」百家，是後世對先秦哲學家或思想家的一種尊稱，比方「孔子」、「孟子」、「荀子」、「墨子」、「韓非子」等等。

筆者認為，在公孫龍的姓名後面多加一個「子」字，更可以凸顯他的哲學家或思想家的特色！

當然，「子」既可作為人稱，也可作為書名；因此，「孟子」、「荀子」、「墨子」、「韓非子」等等指的是是人名。《孟子》、

《荀子》、《墨子》、《韓非子》等等指的則是諸「子」自撰書籍的書名。至於是否確實自撰，那就涉及古籍辨偽的問題了。公孫龍子也不例外。

——2023 年於慕中齋

附錄：參考資料

丁成泉注譯《新譯公孫龍子》〔台北：三民，1996〕
孔鮒撰《孔叢子》〔台北：中華，1981〕
王夢鷗著《鄒衍遺說考》〔台北：商務，1966 台初版〕
史次耘註譯《孟子今註今譯》〔台北：商務，1980〕
北大哲學系注釋《荀子新注》〔台北：里仁，1983〕
白話史記編輯委員會主編《白話史記》〔台北：聯經，1985 修訂再版〕
伍非百著《先秦名學七書》〔台北：樂天，1984〕
李生龍注譯《新譯墨子讀本》〔台北：三民，1996〕
汪奠基著《中國邏輯思想史料分析第一輯》〔北京：中華，1961〕
林品石註譯《呂氏春秋今註今譯》〔台北：商務，1985〕
周駿富著《中國歷代思想家〈七〉：公孫龍》〔台北：商務，1982〕
胡適著《中國古代哲學史》〔台北：遠流，1986〕
胡道靜著《公孫龍子考》〔台北：商務，1990〕
孫中原著《中國邏輯學》〔台北：水牛，1993〕
郭沫若著《十批判書》〔台北：古楓，1986〕
陳癸淼註譯《公孫龍子今註今譯》〔台北：商務，1986〕
陳鼓應註譯《莊子今註今譯》〔台北：商務，1984〕
陳廣忠注譯《淮南子譯注》〔台北：建宏，1996〕
馮耀明著《公孫龍子》〔台北：東大，2000〕
溫洪隆注譯《新譯戰國策》〔台北：三民，1996〕

虞愚編著《中國名學》〔台北：正中，1959 台初版〕
錢穆著《孔子傳》〔台北：東大，1987〕
盧元駿註譯《新序今註今譯》〔台北：商務，1977〕
賴炎元註譯《韓詩外傳今註今譯》〔台北：商務，1981〕
譚戒甫撰《公孫龍子形名發微》〔北京：科學，1957〕
龐樸譯注《公孫龍子譯注》〔上海：人民，1974〕
羅邦杜譯注《法言譯注》〔台北：建安，1998〕
嚴捷、嚴北溟注《列子譯注》〔台北：仰哲，1987〕

國家圖書館出版品預行編目（CIP）資料

公孫龍子外傳／關慕中　著－初版－
臺中市：天空數位圖書　2023.10
面：14.8*21 公分
ISBN：978-626-7161-76-0（平裝）
863.57　　112016503

書　　名：公孫龍子外傳
發 行 人：蔡輝振
出 版 者：天空數位圖書有限公司
作　　者：關慕中
美工設計：設計組
版面編輯：採編組
出版日期：2023 年 10 月（初版）
銀行名稱：合作金庫銀行南台中分行
銀行帳戶：天空數位圖書有限公司
銀行帳號：006－1070717811498
郵政帳戶：天空數位圖書有限公司
劃撥帳號：22670142
定　　價：新台幣 380 元整
電子書發明專利第　I　306564　號
※如有缺頁、破損等請寄回更換